초록에
물들다

초록에 물들다

주말농사에서 만난 풀꽃세상

이수경 지음

북하우스

차례

머리말

봄

민들레 _011
꽃다지 _014
이름 모를 꽃은 없다 _017
새들은 제 이름을 부르며 운다 _028
벼룩과 별 _032
주름잎 _036
제비꽃 _039
아까시에 얽힌 오해와 진실 _043
함박꽃 _046
생명의 무게 _049
모란 꽃 향기에 취해 _052

여름

무당벌레는 우리 편인가? _059
농약 없는 세상 _065
조지룡문(弔地龍文) _070
도둑놈의갈고리 같으니라고 _075
황소개구리 소동 _082
시골 별장에서 바비큐 파티하기 _085
벼락이 무서워 _088

카네이션 _092
우렁각시 _098
팬지 _102
강아지풀 _104
무심한 벌레 _107
강 같은 평화 _111
아까운 햇빛을 두고 가자니 _115

가을

개구리 반찬 _121
내가 좋아하는 꽃 _126
고구마 캐기 _130
동물원을 도망쳐 나온 벌새 _135
개구리 왕자 _139
꽃에 얽힌 전설은 슬프다 _143
아라크네포비아 _149
위험한 사랑 _153
몰래 캔 고구마 _157
강아지 똥 _162
빨간 고추, 파란 고추, 그리고 검은 고추 _165
담장에는 조롱박과 수세미외를 심어요 _168

겨울

뒷골목 산책 _177
에리직톤의 후예들 _181
언제나 제 이름값을 하는 꽃들 _186
꿈꾸는 뜰 _193

　주말농사를 짓기 시작한 지 다섯 해째가 되었다. 그럼에도 불구하고 작물에 싹이 트고 자라나 꽃피고 열매 맺는 모양은 여전히 신기하기만 하다. 물론 나는 여전히 서툰 주말농사꾼이다. 가을에 파종하는 종자를 봄에 뿌리기도 하고, 부지런한 시골 사람들 흉내 낸다고 고추 모종을 너무 일찍 심어 서리를 맞히기도 하니, 철모르는 철부지이기도 하다. 순을 질러주거나 첫 꽃이나 열매는 따주어야 하는 것들도 잊기 일쑤다. 김매기도 소홀하고 거름도 제대로 못 주고 이런저런 실수를 하는데도 작물은 잘 자라서 열매를 맺으니 분명 자연 속에는 마법이 숨겨져 있는 것 같다.

　마치 그리스신화에서 미다스의 손이 닿으면 모든 것이 황금으로 변하듯이 햇빛은 흙에 닿는 대로 풀과 나무의 싹을 틔우고 꽃을 피우고 열매를 맺게 하고 그 푸른 세상 속에 황금보다 귀한 온갖 생명이 깃들어 살 수 있게 한다. 하지만 시멘트 건물과 아스팔트 도로로 뒤발한 도시에서는 그러한 마법이 통하지 않는다. 햇빛으로 생명을 창조하지 못하는 잔인한 문명 속에서 살면서 우리 삶은 갑갑한 열섬에 갇혀버린 느낌이다. 하지만 그렇다고 우리 모두가 귀촌을 할 수도 없고 다락같이 오르는 땅값에 마당 있는 집에서 살기도 힘든 형편이다. 옥상이나 베란다도 허락받지 못한 이들이라도 작은 창문으로 그 아까운 햇빛이 들어오고 있다면 작은 화분 하나를 가꾸는 마음을 가지게 되었으면 좋겠다.

이 책은 전적으로 언니 덕에 쓸 수 있게 되었다. 매주 먼 거리를 운전하고 내가 밭에 나가 풀꽃과 벌레에 한눈을 파는 동안 내 몫까지 열심히 농사지은 덕분이다. 언제나 큰 힘이 되어주시는 어머니에 대한 고마움은 가슴속에 간직하고 있을 뿐 평소에는 표현을 하지 못하고 산다. 어머니에게 정말 고맙다는 말씀을 드리고 싶다. 꽃사진을 선뜻 내준, 꽃보다 아름다운 분들에게도 고마운 말씀을 전한다.

2007년 7월

이수경

봄

민들레

꽃다지

이름 모를 꽃은 없다

새들은 제 이름을 부르며 운다

벼룩과 별

주름잎

제비꽃 아까시에 얽힌 오해와 진실

함박꽃

생명의 무게

모란 꽃 향기에 취해

민들레

운동은, 하는 것도 보는 것도 싫어하지만, 운동의 필요성은 절감하는 지라 이따금 운동 삼아 산책을 나선다. 가까운 거리는 차를 타지 않고 걷기도 하고, 집안에 틀어박혀 일을 하다가 갑갑해지면 동네 뒷길로 산책을 하곤 한다.

큰길가는 매연과 소음이 너무 심해서 동네 뒷길로 다니곤 하는데 그 길에서도 차들을 만나지 않을 도리가 없다. 인도와 차도의 구분이 따로 없는 좁은 길에서 매연을 내뿜으며 다니는 차들을 수시로 피해 다니느라 짜증이 나기도 한다. 큰길가에 있는 상점보다 작고 볼품없는 고만고만한 가게들이 늘어서 있는 거리지만 간판이 어지럽기는 매한가지다. 건물에 빈틈없이 빼곡히 붙이고도 모자라 돌출간판에 입간판까지 세우고 현수막까지 내걸어놓았다. 저만 잘났다고, 나만 잘살겠다고 악다구니 치는, '소리 없는 아우성'처럼 느껴진다. 하지만 그럼에도 불구하고 여전히 나아지지 않는 우리네 살림살이가 그대로 그 가게들의 부연 유리 속으로 보이는 듯해서 약간은 서글퍼지면서 정감이 간다.

정신없는 거리이기는 해도 봄에는 산책하기가 좋다. 건물들이나 거리가 흙먼지를 뒤집어쓰고 있는 것 같아도 골목 안 어느 집 담장 안에는 목련 봉오리가 한껏 부풀어 있고 대문 위에까지 알뜰하게 파를 심어 두었는지 새파랗게 되살아나는 파가 계절의 신비함을 보여준다. 사람들에게 미움을 받는 개망초지만, 어느 집 담장 밑에서 흙먼지를 양분 삼아 새싹을 내민 모양이 대견해 보인다. 이곳의 흙과 공기 탓에 먹지는 못할 것 같은 냉이와 쑥도 보인다.

그리고 민들레가 있다. 시멘트 보도블록 틈 어디에 뿌리를 내릴 공간

시멘트 틈에서 꽃을 피운 민들레

이 있다고 그곳에 자리를 잡고 찬란한 꽃을 피워내는 민들레는 '소리 없는 봄의 찬가'로 들린다. 이파리는 매연과 흙먼지를 흠뻑 뒤집어썼지만 꽃만은 화사하기 그지없는 황금색이다. 연꽃이 더러운 진흙탕에서 피어난다지만 민들레꽃이야말로 도시의 시멘트와 매연과 먼지 속에서 봄에게 바쳐지는 찬양이다.

꽃다지

    농막을 짓던 그 해 봄에 시골로 오가면서 길가에서 흔히 보던 꽃이 있었다. 도로가 가로수 아래 동그랗게 흙이 있는 곳에 냉이 꽃이 무리 지어 흐드러지게 피어 있었다. 그리고 냉이 꽃과 비슷하게 생긴 노란 꽃이 냉이 꽃과 같이 피어 바람에 흔들리고 있었다. 꽃의 생김새도 그렇고 바람에 흔들리는 길고 가는 줄기 모양도 냉이처럼 보여서 무심코 노란 냉이 꽃도 있는가보다 했었다.

    나중에 책을 찾아보니 노란 꽃이 피는 냉이 종류가 있기는 있었다. 나도냉이와 개갓냉이는 냉이와 같은 겨자과에 속하며 냉이 꽃 비슷한 모양의 꽃이 핀다. 흰 꽃이 피는 냉이는 종류가 무척 많다. 다닥냉이, 콩다닥냉이, 물냉이, 말냉이, 황새냉이, 좁쌀냉이, 싸리냉이, 미나리냉이, 는쟁이냉이, 그리고 '와사비'란 일본말로 더 많이 알려진 고추냉이 등이 있다.

하지만 가로수 밑에서 냉이와 같이 봄바람에 흔들리고 있던 꽃은 냉이가 아니라 꽃다지였다. 노래패 꽃다지가 활동을 시작했을 때 꽃다지가 어떤 꽃인가 궁금했었는데, 알고 보니 쑥이나 냉이처럼 우리 주변에 흔한 꽃이었다. 꽃이 다닥다닥(닥지닥지) 핀다고 해서 꽃다지란 이름이 붙었다고 한다. 추위가 가시지 않은 이른 봄에 필 만큼 생명력이 강하고, 꽃이 작아 하나로는 볼품이 없지만 무리지어 아름다움을 연출해내는 모양이 노래패가 지향하는 바대로 민초들의 강인한 생명력과 노동자의 단결된 힘을 상징하기에 좋지 않았을까 하는 생각이 든다.

우리 뜰에도 냉이와 함께 꽃다지가 피어난다. 보송보송한 솜털로 추위를 이겨내고 꽃이 귀한 이른 봄에 꽃망울을 터뜨린다. 나는 무리지어

냉이와 꽃다지가 어우러져 꽃피어 있다.

바람에 한들거리는 모양도 좋지만 꽃이 피기 전 꽃봉오리가 아주 귀해 보인다. 보석이라도 감싸고 있는 손처럼 그 안에 들어 있는 꽃을 살짝만 보여주고 있는 봉오리가 여러 개 모여 있는 모양이 예쁘다. 마치 추운 겨울 속에서 봄이 준비하고 있는 생명의 선물인 양 고귀해 보인다.

꽃다지. 가운데 줄기에만 꽃이 활짝 피고 옆 줄기에는 꽃봉오리가 살짝 맺혀 있다.

이름 모를 꽃은 없다

봄이 와도 추위가 가시지 않아 겨울옷을 입고 다니다가 어느 날 문득 햇살이 따사로워지면서 두껍게 껴입은 옷이 무겁고 갑갑하게 느껴진다. 그런 날이면 신기하게도 동네 꽃집은 물론이고 노점에서도 모두 약속이라도 한 듯이 봄꽃들을 내놓고 팔기 시작한다. 추위를 이겨내고 꽃을 피워낸 수선화와 프리뮬러의 화사한 모양을 보노라면 마음이 환해진다. 봄을 맞이하는 기분으로 선뜻 노란 프리뮬러 화분을 하나 산다.

그러나 집으로 향하던 들뜬 마음은 어느덧 가라앉고 만다. 우리 집에 화분을 들여놓을 마땅한 곳이 없다는 현실을 깜빡한 것이다. 우리 집은 마당은커녕 베란다와 옥상도 없는 길가 버스정거장 앞 건물이다. 소음과 매연이 심해 일년 내내 열지 못하는 창문 앞에 화분 몇 개가 놓여 있을 뿐이다. 그것도 이제 정원 초과다.

예전에는 대개의 집들이 꽃밭을 가꾸었다. 우리 집도 넓지 않은 마당이었지만 작은 꽃밭을 만들어 장미, 백합을 비롯해 이제는 이름만 들어도 정겨운 맨드라미, 수국, 백일홍, 분꽃, 채송화, 샐비어(깨꽃, 예전에는 사루비아라고 했다) 같은 꽃들을 심었고, 뒤뜰에는 찔레나무로 울타리를 하고 조그만 텃밭도 가꾸었다. 그 뒤뜰에는 비 오는 날에만 물이 퐁퐁 솟아나는 아주 조그만 샘이 있었다. 흙으로 샘 둘레에 담을 두르고 댐을 만들어 물을 가둔 다음 텃밭에서 파를 뜯어 물줄기를 그리로 통하게 하는 장난을 하고는 했다. 지금도 그 광경을 생각하면 미소가 지어진다.

답답했다. 이 잿빛 도시에서 알레르기성 비염을 달고 숨 막혀 하며 살아야 한다는 것이……. 내게 푸르른 생명을 가꿀 수 있는 땅 한 평이 허락되어, 막힌 숨을 틔어볼 수 있다면 더 바랄 것이 없을 것 같았다. 그

한련과 분꽃이 피어 있는 꽃밭

러나 내게는 송곳 하나 꽂을 땅이 없어 보였다.

그러던 중 세무서에서 독촉장이 날아왔다. 아버지가 증여받은 땅에 대한 세금이라며 수백만 원에 이르는 금액이 부과되어 있었다. 놀라서 알아보니 그 땅은 예전에 친척 아저씨의 땅과 아버지의 땅 이백 평을 맞바꾼 것이었다. 친척 아저씨가 아버지 소유의 땅이 필요하니 자신이 가진 더 큰 땅과 바꾸자고 했다는 것이다. 고향을 떠나 있어서 그곳 물정에 어두운 아버지는 그러마고 승낙하고는 잊고 있었던 것이다. 그런데 그것이 증여로 처리되어 세금징수 마감시한을 얼마 남겨두고 가산세까지 붙어 부과된 것이다. 문제는 친척 아저씨가 주었다는 땅은 대지 백 평을 제외하면 모두 동네 길로 쓰이는 땅이었다. 그 땅이 대부분 길로 쓰인다는 마을 사람들의 확인서를 받아 세금은 상당 부분 감면받기는 했지만 멀쩡한 땅이 반으로 줄어든 셈인 데다 그 당시 땅값보다 더 나가는 증여세까지 물어야 했다.

값비싼 대가를 치렀지만 잊고 있던 소중한 땅이 생긴 셈이다. 그곳에서 살 생각도 해보았다. 전화와 인터넷이 된다면 지금 하고 있는 일도 계속 할 수 있으므로 시골에서도 못 살 것은 없다는 생각이 들었다. 아버지 고향이니 텃세도 없을 것이었다. 다만 땅이 너무 작은 것이 흠이었다. 도시에서 집터 백 평은 넓은 땅이지만 시골에서는 집짓고 텃밭 만들고, 농기구와 수확물을 저장할 작은 창고를 지으려면 아무래도 너무 옹색했다. 고민을 했지만 다른 방법이 없었다. 일단은 집을 최소한도로 짓고 주말농사를 짓는 식으로 시골 생활을 시작해보기로 했다.

집은 작더라도 예쁘게 짓고 싶어 주택전시회까지 찾아다녔다. 미국식 목조주택은 말 그대로 '언덕 위의 하얀 집'이 될 것 같았고, 흙집은 건강 걱정을 해결해줄 것 같았다. 그러나 결국 아는 분을 통해 방 한 칸 짜리 조립식 농막을 짓는 것으로 결론을 맺었다. 그 해에는 어찌나 비가 많이 왔던지 인부 세 명이 공사한 날은 채 열흘이 되지 않는데 비 때문에 기간은 한 달 가까이 소요되어 애를 타게 만들었다.

드디어 농막이 다 지어지자 어느덧 봄이 중반에 와 있었다. 부랴부랴 고추와 오이, 토마토, 가지, 호박과 조롱박, 들깨, 상추 모종을 사다 빼곡히 심었다. 콩과 옥수수 씨앗도 뿌렸다. 앞뜰 농막 앞에는 잔디를 조금 심었다.

좋았다. 금요일 밤에 도착해서 보면 농막 앞 은행나무에 초승달이 걸려 있고 하늘에는 별이 무수히 떠 있는 것이 보였다. 작물들이 자란 모양이 너무 궁금해서 손전등을 켜고 살펴보고는 했다. 소쩍새 소리를 들

손가락보다 작은 오이가 얼마나 빨리 자라는지 금방 따지 않으면 늙어버린다. 하긴 늙은 오이 무침도 맛있다.

으며 잠을 청했다. 빨리 아침이 와서 뜰에 나가기를 고대하면서…….

창으로 들어오는 햇빛이 밝아서 그런지, 어스름 새벽부터 지저귀는 새소리 때문인지 일찍부터 눈이 떠진다. 뜰이 어떻게 됐나 궁금해서 참을 수가 없다.

지난주보다 훌쩍 더 커진 키하며 열매가 맺히는 모양이 그렇게 신기할 수가 없다. 호박이 부쩍 더 자라고 방울토마토가 푸른색에서 붉은색으로 익기를 기다리는 재미란 더할 수가 없다.

그런데 이즈음부터 문제가 생기기 시작했다. 농막을 지을 때 굴착기로 땅을 고르면서 거의 모든 풀이 사라졌었는데 그 풀들이 다시 나타나기 시작했다. 처음에는 깨알만하기도 하고 콩알만하기도 해서 그다지 대수롭게 여기지 않았다. 그런데 일이 생겨 몇 주 만에 가게 된 뜰과 텃

한참을 시퍼렇기만 하던 방울토마토가 드디어 붉어지기 시작했다.

밭에서 풀들은 자신들의 왕국을 이루고 있었다. 그 깨알만하고 콩알만
하던 것이 한 뼘, 두 뼘 크기로 자라 있었다.

풀밭도 아니고 뜰과 텃밭에서 풀이 기승을 부리며 자라는 모양새는
그다지 좋아 보이지 않을 뿐더러 동네 사람들이 뭐라 할지도 신경이 쓰
여 김매기를 시작했다.

명아주는 뿌리째 쏙 뽑히던 것이 이제는 엉덩방아를 찧도록 잡아당
겨도 온전히 뽑히지 않았다. 개망초는 밑동에서 톡 끊어졌다가 다음에
는 줄기가 두세 개로 늘어 솟아오른다. 또 중대가리풀은 줄기를 한없이
뻗어가 여러 번을 뜯어야만 했다. 방동사니는 쉽게 뽑혔지만 그것들은
인해전술을 펴는 것처럼 그 숫자를 헤아릴 수가 없었다.

한여름 땡볕에서 땀을 뻘뻘 흘리며 김매기를 하노라면 밭에서 돌아
온 동네분들이 이 무지한 '도시 것'에게 훈수를 두신다.

"제초제를 써야지 안 돼. 그 징글징글한 풀들을 언제 다 뽑으려고 그
래. 뽑아도 금방 다시 난단 말이야."

평생을 흙에서 고생하면서 살아온 그 양반들 앞에서 고양이 이마빼
기만한 텃밭을 가꾸면서 '농약은 좋지 않으니 유기농을 할 거예요.' 하
는 입바른 소리는 할 수가 없다.

"그저 재미로 하는 건데요, 뭐." 하며 웃고 만다.

하지만 흔히 '잡초와의 전쟁'이라고 말하듯이 '그저 재미로'만 할 수
있는 김매기는 아니었다. 작은 땅이었지만 주말에만 하려니 쉽지 않았
다. 무릎과 허리의 통증, 뙤약볕의 뜨거움은 '내가 지금 뭐하고 있는 건
가. 전생에 풀하고 무슨 웬수가 진 것도 아니고……' 하는 생각이 절로
들게 만들었다. 그리고 마치 바닷물을 바가지로 퍼내듯 풀들은 그 다음

주가 되면 또다시 무성해져 좌절감마저 느껴졌다.

하지만 생각해보니 도시에서는 시멘트 담 아래 흙도 없어 보이는 곳
에서 자라난 개망초마저 대견하게 보이고, 하찮을 만큼 작은 꽃을 달고
있는 벼룩나물도 고귀해 보이고, 보도블록 사이를 비집고 피어나는 서
양민들레는 찬란해 보이기까지 했다. 마치 생명에 대한 찬가라도 들은
양 감격했던 적도 있었다.

내가 무슨 대단한 농사를 짓는다고, 이 세상에서 한번 살아보려고 이
메마른 돌밭을 어렵게 헤치고 나온 생명을 앗아야 하는지 마음에 걸렸
다. 살갗에 스치면 상처를 입히는 따가운 환삼덩굴조차 어린 싹은 아주
순한 모양을 하고 있다. 그들은 마치 이렇게 말하는 것 같다. '우리처럼
이렇게 작고 연약하고 예쁜 풀들을 못살게 구는 건 나쁜 짓이에요.' 하

도시에서는 시멘트 틈에 핀 개망초 꽃마저 대견스러워 보였다.

고. 한편으로 그 어린 싹들이 자라 어떤 꽃을 피우고 어떤 열매를 맺는
지도 궁금했다. 그래서 김매기에 대한 강박관념과 결벽증을 좀 덜어버
리고 풀에 대해서도 관심을 갖기 시작했다. 그러면서 보니, 김매기해주
고 거름을 주어야 자라는 나약한 작물이 아니라 저절로 자라는 저 풀들
을 양식으로 삼는다면 얼마나 좋을까 하는 엉뚱한 생각도 하게 되었다.

　아닌 게 아니라 나물에 관한 책을 찾아보니, 그토록 캐버렸던 쇠비
름, 명아주, 달개비, 민들레, 개망초 등을 나물로 해 먹을 수 있다는 내
용이 있어 놀라웠다. 그 동안 양이 많지 않아 다른 풀과 함께 뽑아냈던
비름나물, 질경이와 같이 나물로 무쳐 먹었더니 아주 맛있었다. 다만
개망초는 향이 독특해서 내 입맛에는 맞지 않았다. 저절로 자란 돌나물
과 미나리도 상추와 함께 쌈을 싸 먹으니 좋았다.

소꿉장난에서 고춧가루로 쓰던 뚝새풀

뜰을 가꾸기 전에는 아는 풀꽃 이름이 몇 개 되지 않았다. 어렸을 적 소꿉장난에서 그 꽃가루를 털어내 고춧가루라고 하며 풀로 만든 반찬에 모양을 내던 뚝새풀도 이제야 그 이름을 알았다. 심한 비바람에 뒤집힌 우산살처럼 생긴 바랭이, 아이들이 지나는 사람들 골탕 먹이려고 풀밭에 묶어놓은 그령도 풀에 관심이 생긴 이후에 이름을 알게 되었다.

이제 가을 산에 피어 있는 꽃들을 모두 통틀어 들국화라고 부르지 않고 구절초, 쑥부쟁이, 벌개미취, 산국이라고 따로 부를 수 있게 되었다. 제비꽃도 수십 종류가 있는 것을 알게 되었다. 아직 그 가운데 몇 가지밖에 구별하지 못하지만 그 중 가장 앙증맞은 알록제비꽃을 뜰에 심었다.

좁은 뜰에서 키우기에는 무리가 돼서 잘라내도 자꾸 싹이 돋는 나무가 아카시아가 아니라 아까시가 바른 이름이라는 것을 알게 되었고, 총포조각이 젖혀지는 서양민들레와 곧게 서는 토종 민들레를 구분할 수도 있게 되었다. 마당 한쪽 뜰이 물기가 많아 물을 좋아하는 방동사니과의 풀들이 엄청나게 나는 바람에 왕골의 새끼 같은 참방동사니, 파꽃같이 생긴 파대가리, 드렁방동사니, 방동사니대가리, 알방동사니, 나도방동사니 등등을 알게 되었다. 흔히 피라고 불리는 돌피, 여뀌, 머위, 넓은잎천남성, 애기봄맞이 등이 물기가 많은 곳에서 피어났다.

그러나 아직 알지 못하는 꽃 또한 많기만 하다. 뜰에 나는 뱀딸기가 그 붉은 열매를 보여주기까지 뱀딸기인지 확신이 없었다. 도감에 있는 꽃 위주의 사진이나 짧은 설명으로는 그토록 닮은 잎과 꽃을 가진 같은 과의 풀인 양지꽃과 구분하기가 쉽지 않았다. 자귀풀도 그랬다. 처음에는 혹시 미모사가 아닌가 했다. 하지만 그런 원예종보다는 자귀풀이나

왕골의 새끼 같은 참방동사니, 드렁방동사니, 파 꽃처럼 생긴 파대가리, 알방동사니(왼쪽 위부터 시계 방향으로)

차풀이지 싶었다. 결국 꽃이 피고 열매를 맺어서야 그것이 자귀풀인 걸 알고 실망했다. 차풀이면 한번 차로 끓여볼 궁리를 하고 있었기 때문이다.

우리는 흔히 야생화에 대해 '이름 모를 꽃'이라는 표현을 쓰고는 한다. 그것은 이제까지도 이름을 모르고 살아왔다는 무지의 표현이기도 하고, 앞으로도 굳이 그 이름을 알려고 하지 않겠다는 무관심의 표현이기도 하다. 아직은 알지 못하는 꽃이 너무나 많지만 이 땅에 피어나는 꽃들에 대해 애정을 가지면서 그 이름을 알아가려고 한다.

내년 봄에는 좁은 뜰일망정 조그만 야생화 꽃밭을 꾸며보고 싶다. 그

구절초가 피어 있는 선사유적지의 화단

동안 꽃이 피어 있는 길가와 들과 산에서 조금씩 구한 씨앗들로 시작해 보려고 한다. 제비꽃과 민들레, 쑥부쟁이와 구절초가 무리를 이루며 피어 있는 모양은 상상만으로도 가슴이 벅차다.

새들은 제 이름을 부르며 운다

봄철에 뜰에서 일하다보면 인삼밭 너머 산 쪽에서 이상한 소리가 들리곤 한다.

"껑껑, 껑껑."

이따금씩 들리는 그 소리는 사람이 무슨 도구를 가지고 내는 소리인지, 어떤 짐승이 내는 소리인지 수상쩍게만 들렸다. 그러다 우연히 그 소리가 난 후 바로 후다닥 하고 꽤 크고 화려한 새가 날아가는 모양을 보았다.

'아하, 꿩(수컷인 장끼)이었구나. 새들은 제 이름을 부르며 운다더니…….'

TV나 동물원 새 우리에서나 봤던 꿩을 자연에서 직접 본 것만 해도 신기한 일이었는데, 그 울음소리가 바로 그 이름을 부르는 소리라니 홍

미롭게 느껴졌다. 사실 '꿩꿩' 하며 울어서, 옛사람들이 '꿩'이라는 이름을 붙였을 터인데, 그 소리를 듣기 전에 그 이름에만 익숙해지다 보니, 꿩이 제 이름을 부르며 우는 모양이 신기한 발견처럼 여겨지는 것이다.

그러고 보니, 이제껏 내가 생김새와 울음소리를 아는 새라고는 참새, 제비, 비둘기, 까치, 까마귀 정도가 아니었나 싶다. 낮에 가끔 들리는 '뻐꾹' 하는 소리와 '소쩍적' 하며 밤에 애상을 불러일으키는 새는, 직접 본 적은 없지만, 의심할 여지없이 뻐꾸기와 소쩍새일 것이다.

밤에 들리는 소쩍새 소리는 도심에서 벗어나 산중에 있는 듯한 편안함을 느끼며 잠 속으로 빠져들게 하고, 아침에 들리는 새소리는 상쾌하게 잠을 깨는 자연의 멜로디 같다. 다만 아직 일어날 때가 되지 않은 너무 이른 시간에 우는 까치 소리는 시간이 잘못 맞춰진 바람에 엉뚱한 시간에 단잠을 깨우는 요란한 자명종 소리 같다. 게다가 까치 울음소리가 자명종보다 나쁜 점이 있으니, 자명종은 끄고 다시 잠을 청하면 되지만 집 앞 은행나무 가지에 앉은 까치는 한참을 너무도 크게 울어대기 때문에 도저히 다시 잠을 이룰 수가 없다는 점이다. 반가운 손님을 한 번만이라도 데려온다면 그 큰 소리가 아주 가끔은 들어줄 만한 행진곡처럼 들릴 텐데…….

낮에 일하면서 재잘재잘 지저귀는 새소리를 들으면 유쾌한 친구와 함께 있는 것처럼 기분이 좋아진다. 뻐꾸기는 한가로움을 느끼게 하고 참새가 바쁘게 왔다 가면 바지런하게 움직이게 된다. 그 쉴 새 없이 지저귀는 새들이 어떤 새인지 알아보고 싶지만 유감스럽게도 새들이 높은 나뭇가지 위에 앉아 있거나 멀리 숲 속에 있기 때문에 알아보기가 어렵다. 뜰에 날아와 수세미외 덩굴을 뒤지기도 하고 밭에서 벌레를 찾는 듯 땅바닥을 쪼기도 하지만 이내 날아가 버린다. 잠깐이라도 머무는 새가 있으면 살그머니 다가가 살펴보고 싶지만 그나마 조금이라도 움직이거나 소리를 내면 깜짝 놀라 도망치듯 가버린다. 전문가라면 지저귀는 소리로 새를 구분할 수도 있겠지만 나 같은 문외한은 모든 새가 제 이름을 부르며 운다고 해도 그 이름을 알아맞히기가 힘들 것이다.

낮 동안 "삐이요오 뽀비오" 하고 한참을 우는 새가 있다. 식상한 표현이지만, 말 그대로 은쟁반에 옥구슬 굴러가듯 맑고 고운 소리였다. 어떤 새인지 아주 궁금했는데 알고 보니 꾀꼬리였다. 숲 속에 들어갔을 때 인기척에 놀라 날아가는 노란 새를 보았는데 아마 그 새였던 모양이다. 꾀꼬리는 '꾀꼴' 하고 우는 줄 알았는데 내 귀에는 전혀 그렇게 들리지 않는다. 사전에 찾아보니 '꾀꼴'은 분명 꾀꼬리가 우는 소리라고 되어 있다. 짝을 구할 때나 적을 경계할 때 등 상황에 따라 지저귀는 소리가 많이 달라지긴 하겠지만, 한 번도 '꾀꼴' 하고 우는 소리는 들어보지 못했으니 내 귀를 믿어야 할지 사전을 믿어야 할지 모르겠다.

시골에 오며가며 그 지저귀는 소리를 '듣는' 대신 모양만을 '보는' 새들도 있다. 한여름 도로가 붐비는 휴가철에는 일요일 저녁을 피해 월요일 신새벽에 집으로 돌아가곤 하는데, 이른 새벽녘 물안개가 피어오르는 논에서 노니는 중대백로는 한 폭의 동양화를 보는 듯한 신비감에 젖게 한다. 겨울철에는 가을걷이를 끝낸 문산의 빈 논에서 독수리를 볼 수 있다. 작은 새처럼 날개를 팔랑거리지 않고 높은 하늘을 선회하는 독수리는 가슴이 선뜩해지면서 경외감마저 불러일으킨다. 물론 중대백로와 독수리 소리는 들어보지 못했다. 중대백로는 우아한 생김새와는

논에서 먹이를 찾고 있는 중대백로

달리 물새들이 보통 그렇듯이 좀 시끄러운 소리를 내고, 독수리는 칠판
을 손톱으로 긋듯이 날카로운 소리를 내는 것을 다큐멘터리에서나 보
았다. 그들은 소리보다는 아름답고 신비로운 풍경화로 시골을 기억하
게 하는 새들이다.

벼룩과 별

해야 할 일이 많은 봄이지만 주말마다 집안에 행사가 있어서 3주 만에야 시골에 왔다. 훌쩍 큰 냉이 꽃이 지천이어서 깜짝 놀랐다. 개망초 줄기도 여기저기 삐죽삐죽 올라와 있다. 꽃마리와 뚝새풀, 벼룩나물과 쇠별꽃, 봄맞이와 애기봄맞이가 그 작은 꽃들을 융단처럼 솜사탕처럼 밤하늘의 은하수처럼 펼쳐 보이고 있다.

3주간의 변화란 1주의 3배가 아니라 그 이상이다. 매주 풀을 베고 뽑고 그 풀들로 땅을 덮어서 다른 풀씨가 싹트는 걸 막아왔는데, 3주간 그러한 간섭이 없자 풀들이 제 세상을 맞이한 것이다. 작은 풀꽃들도 무리지어 있으니 꽤 볼만했다. 붓꽃이나 나리꽃처럼 크고 화려하지는 않지만 은은한 아름다움이 있다.

봄맞이는 그 이름처럼 완연한 봄이 되었을 때 봄을 맞이하는 듯 꽃을 피우는 앵초과의 앙증맞은 꽃이다. 그보다 작은 애기봄맞이는 습한 곳을 좋아해서 물기가 많은 쪽에 군락을 이루고 있다. 꽃이삭이 태엽처럼 말려 있다가 차례로 풀어지면서 연한 남색 꽃을 피우는 꽃마리는 자세히 들여다보면 이름처럼 예쁜 꽃이다. 냉이꽃과 뚝새풀이 무리지어 바람에 흔들리는 모양도 보기 좋다. 뜰이 좀 넓다면 풀꽃들도 기르면 참 좋겠다는 생각이 들었다.

그런데 이름이 헷갈리는 꽃들이 있었다. 주로 도감을 보면서 꽃 이름을 익히는 나에게는 꽃 위주로 찍은 사진만으로는 구분하기가 쉽지 않은 꽃들이 종종 있는데 점나도나물, 벼룩나물, 별꽃, 쇠별꽃이 바로 그런 꽃들이다. 이 꽃들 모두 빈터나 밭둑에 흔히 나는 두해살이풀로 봄에 돋는 어린 순을 나물로 먹는다. 4,5월에 흰 꽃을 피우는 것까지 닮았

꽃마리, 뚝새풀, 냉이 등 작은 꽃들이 무리지어 피어 있다.

는데, 그 5장의 꽃잎이 깊게 갈라져 마치 꽃잎이 10장처럼 보이는 것까지 똑같다.

꽃 모양이 거의 같은 이 꽃들은 잎 모양으로 알아볼 수밖에 없었다. 점나도나물은 줄기와 잎에 잔털이 많이 나 있어 가장 먼저 구분할 수가 있었다. 별꽃의 잎은 달걀형이지만 쇠별꽃의 잎은 줄기를 감싸는 좀더 큰 모양이었다. 우리 뜰에 여기저기 지천으로 피어 있는 것은 바로 쇠별꽃이었다. 그리고 벼룩나물은 별꽃이나 쇠별꽃보다 줄기가 가늘고 잎이 작은 것으로 구분했다.

그러고 보니, 별꽃과 벼룩나물의 이름이 재미있는 대조가 된다. 별꽃은 꽃 모양이 별과 닮았다고 해서 별꽃이라고 부른다는 설이 있고 작은 꽃들이 무리지어 핀 모양이 밤하늘에 무수히 뜬 별 같다고 해서 '별'이

쇠별꽃

라는 이름을 달았다는 설도 있다. 잎이 별꽃이나 쇠별꽃보다 조금 작을
뿐 꽃은 거의 같은 모양을 한 벼룩나물은 어째서 '벼룩'이라는 이름으
로 불릴까. '벼룩'이란 이름도 아마 작은 크기 때문에 붙은 듯한데, 하
나는 작아도 '별'이고 다른 하나는 작아서 '벼룩'이라니 '벼룩나물' 입
장에서는 억울할 듯하다. 허나 이름을 지어 부르는 것 따위는 인간의
일일 뿐 자신들과는 아무런 상관이 없다는 듯 쇠'별'꽃과 '벼룩'나물은
사이좋게 어울려 무리지어 자신들의 봄을 누리고 있다.

벼룩나물

주름잎

우리 뜰에 흔하게 나는 풀 중에 입술 모양의 꽃을 단 조그만 풀이 있다. 꽃 모양이 약간 특이하긴 하지만 그렇다고 화려한 것은 아니어서 촌 아낙처럼 수수해 보이는 꽃이다. 도감에서 찾아보니 '주름잎'이라는 이름을 가지고 있어서 의아했다. 무슨 주름이 그리 많다고……. 자세히 살펴보니 바느질을 잘 못해서 울어버린 옷감처럼 이파리에 우글쭈글한 주름이 있긴 하다. 하지만 어디 이파리에 주름이 있는 것이 이 꽃뿐일까. 주름으로 치자면 질경이나 소리쟁이가 한 수 더 위일 텐데…….

예전에도 '주름'은 나이 듦, 자녀 생산의 어려움과 노동력의 저하 등을 연상시키는 말이었으리라. 하지만 한편으로는 경력, 노숙함, 인자함, 존경 등을 생각나게 하는 단어였을 것이다. 요즘에는 주름이란 자연스러운 나이 듦의 현상이 아니라 성적 매력의 상실과 무능력은 물론 빈곤을 드러내는 것이 되어버렸다. 몸이든 마음이든 고생하며 살면 주름이 더 깊게 패기는 하겠지만 주름은 누구에게나 나이에 따라오는 것이었다. 하지만 이제는 돈만 있다면 이미 생긴 주름도 수술을 해서 당기거나 보톡스 주사로 펴고 고가의 안티링클 화장품으로 완화할 수 있는 세상이 되었으니 비만과 더불어 주름도 빈곤의 상징이 되어버렸다.

이제는 미용만을 위해서가 아니라 자신이 아직도 젊다는 것을 증명하기 위해 중년 남성들까지 주름 제거 수술을 받고 있다. 생존경쟁이 치열한 직장에서 떨려나지 않기 위한 눈물겨운 노력이다. 예전 같으면 남자가, 그것도 중년 남자가 성형수술을 받는다는 것은 비난받을 일이었지만 이제는 많은 사람들이 당연한 것으로 받아들이는 분위기다. 그

주름이 있긴 하지만 '주름'을 이름으로 삼기에는 좀 억울해 보이는 '잎'인 주름잎

러니 자기 나이에 따른 자연스러운 주름을 가진 이들은 무능력하고 빈곤하다는 인상을 줄 수밖에 없는 세상이 된 것이다.

주름 펴는 일이 간단하고 쉬워진 만큼 주름과 주름진 자는 용서받지 못할 존재가 되어 세상에서 발붙이기 힘들게 되었으니 '주름'이라는 이름을 얻은 이 작은 이파리야말로 요즘 세상살이가 더욱 억울할 것 같다.

제비꽃

오래전 북한산에 갔을 때였다. 산길을 오르다가 돌 틈에서 잎이 예쁜 풀을 발견했다. 작고 동그란 이파리에 선명한 흰 줄의 무늬가 있는 것이 열대성 관엽식물로 실내에서 많이 기르는 피토니아를 생각나게 했다. 잎맥에 흰 줄무늬가 있는 피토니아도 땅을 기듯이 퍼지는 앙증맞은 풀이다. 조그만 정원을 가꾸고 한쪽에는 이렇게 잎이 예쁜 풀을 심었으면 좋겠다는 상상을 했다. 외국에서 식물을 수입할 것만이 아니라 이렇게 예쁜 우리 고유의 풀을 개량해서 정원이나 실내에서 가꿀 수 있으면 좋겠다는 바람도 가져봤다.

그 조그맣고 예쁜 이파리의 기억은 꽤 오랫동안 머리에서 떠나지 않았지만 그 풀의 이름을 알 수는 없었다. 책에서 찾아보려고 해도 당시는 외국에서 수입해 기르는 화초를 중심으로 한 책자가 대부분이었다.

나중에 우리 꽃에 대한 관심이 높아지면서 야생화에 관한 책이 많이 출간되었지만 처음에는 크고 화려한 꽃들이 주로 소개되었다. 최근에 들어 볼품없고 초라한 풀들까지 수록한 도감들이 나오기 시작하면서 드디어 그 풀의 이름을 알게 되었다.

놀랍게도 그 풀은 제비꽃이었다. 잎에 줄무늬가 있어 알록제비꽃이라고 부른다는 것이다. 오랫동안 이름을 알고 싶어했던 작은 이파리가 제비꽃의 한 종류라니 신기하기만 했다. 그리고 드디어 수목원에 가서 그 이파리에 제비꽃이 달려 있는 것을 보았다. 흰 잎맥이 선명한 작고 동그란 잎 하나에 보라색 꽃을 달고 있는 병아리같이 귀엽고 수줍어 보이는 꽃이었다.

사실 제비꽃의 종류는 무척 많다. 제비꽃, 왜제비꽃, 둥근털제비꽃, 자주잎제비꽃, 알록제비꽃, 털제비꽃, 흰털제비꽃, 고깔제비꽃, 호제비꽃, 콩제비꽃, 낚시제비꽃 등등이 있다. 흰색 꽃이 피는 종류도 있으니 남산제비꽃, 잔털제비꽃, 흰제비꽃, 금강제비꽃, 왕제비꽃, 흰젖제비꽃, 졸방제비꽃 따위가 있다. 노란색 꽃이 피는 노랑제비꽃도 있다.

관찰력이 부족한 나로서는 제비꽃을 발견하더라도 도감이 없으면 구분하기 힘들 것 같다. 아니, 제비꽃과 호제비꽃처럼 꽃과

바위 틈에 핀 알록제비꽃
© 김성수(http://cafe.naver.com/yatam)

흰 꽃이 핀 제비꽃, 졸방제비꽃이 아닐까 추측하고 있지만 확신이 없다.

잎의 모양, 서식지가 비슷한 것들은 도감을 보더라도 쉽게 가려낼 수 없을 것 같다. 얼마 전 밭가에서 흰 제비꽃의 사진을 찍은 후 도감을 찾으며 이름을 알아내려 했지만 그도 어려웠다. 잎으로 보건대, 보통 제비꽃처럼 길쭉한 세모꼴의 잎을 가진 흰제비꽃은 아닌 것은 쉽게 알 수 있었다. 코스모스처럼 가늘게 갈라진 잎을 가진 남산제비꽃도 아니었다. 꽃이 필 때 안쪽으로 말리는 잎을 가진 금강제비꽃도 물론 아니었다. 좀더 넓적하고 둥근 잎을 가진 제비꽃 중의 하나일 터였다. 원줄기가 있어 키가 큰 졸방제비꽃이 아닐까 추측을 해보지만 확신할 수 없다. 아무래도 제비꽃에 대해 잘 알기 위해서는 노력과 시간이 더 필요할 것 같다.

어렸을 때 제비꽃이 오랑캐꽃이라고도 불린다는 얘기를 듣고는 터무

니없는 소리라고 생각했었다. 이렇게 작고 여린 꽃에다 오랑캐라는 이름을 붙이는 것은 너무 생뚱하다고 느꼈기 때문이다. 나중에서야 꽃이 피는 시기가 오랑캐가 식량을 구하기 위해 쳐들어오는 때와 맞물려 그런 이름이 붙었다는 이야기를 듣고 이해가 되었다. 제비꽃은 그 밖에도 병아리꽃, 앉은뱅이꽃, 반지꽃, 씨름꽃 등으로 불린다. 고개를 숙여서 찾지 않으면 눈에 잘 띄지 않을 만큼 작은 꽃이 종류도 많고 이름도 많은 셈이다.

아까시에 얽힌 오해와 진실

뒤뜰 비탈에 아까시나무 작은 줄기가 자라는 것이 보였다. 뜰에 나무가 몇 그루 있으면 좋겠다고 생각하고 있었지만 아까시처럼 크게 자라는 나무는 집이나 뜰의 크기와도 균형이 맞지 않는 데다 그늘이 드리워 작물이 자라는 데 방해가 될 터였다. 비탈에 자리를 잡은 탓에 비가 많이 올 때 뿌리째 뽑혀 쓰러질 가능성이 많아 보였다. 나무가 큰 다음에 그리 되면 뒷감당하기가 어려울 것 같았다. 그래서 뽑으려고 했는데 줄기만이 잘라질 뿐이었다. 그리고 얼마쯤 지나면 다시 싹이 돋았다. 다시 잘라내면 다시 자라고를 2년 넘게 반복했다. 참 질긴 생명력이다.

예전부터 귀화식물들이 고유 생태계를 위협할 정도로 지나치게 많이 퍼져 있다는 우려를 많이들 하고 있다. 최근에는 돼지풀 등이 자주 거론되고 있는데 그 전에는 아까시나무가 생태계를 파괴하는 주범이라는 인식이 컸었다.

아까시나무는 일제가 우리 산림을 황폐화하기 위해 들여온 쓸데없는 가시나무라는 인식이 퍼져 있는 데다 원산지가 북아메리카라는 것도 문제가 되었다. 우리나라를 구해준 아름다운 나라라고 해서 이름도 바꿔 부르는 미국(米國에서 美國으로)에 대한 인식이 바뀌면서 아까시에 대한 미움은 더 커가는 것 같았다.

주로 민가나 동네 주변 야산에 퍼져 있는 탓에 실제보다 더 많은 것 같은 느낌을 주는 아까시나무는 외세가 우리 주권을 위협하듯 우리 생태계를 잠식해가는 것처럼 여겨진 것이다. 그러나 아까시나무를 아프리카에 사는 아카시아나무와 같은 이름으로 잘못 부르는 것처럼 아까시나무에 대해서는 잘못된 인식들이 많다.

산에 있는 아까시나무에 꽃이 피어 우리 뜰에까지 향기가 진동한다.

예전에 아까시나무에 관한 다큐멘터리를 보았다. 폐광으로 인해 황폐화된 산에 녹화 작업을 하는 모습이었는데, 한 곳은 소나무를 심었고, 다른 한 곳은 아까시나무를 심었다. 몇 년이 지나 보니, 소나무는 자라기는커녕 간신히 목숨을 부지하는 것처럼 보였다. 산에는 죽지도 못하고 살지도 못하는 소나무만이 황량하게 서 있을 뿐 아무것도 자라지 못하고 있었다. 반면 아까시나무는 이미 숲을 이루고 있었다. 게다가 자신들만의 왕국을 세운 것이 아니라 뿌리혹박테리아로 황폐한 토양을 비옥하게 만들어서 다른 나무와 풀들까지 길러내고 있었다. 아까시나무는 극상을 이룬 다음에는 다른 나무들에게 그 자리를 물려준다고 한다.

아까시나무는 분명 외래종이기는 하다. 그러나 숲을 황폐화하는 가시나무가 아니라 우리 땅을 풍요롭게 하고 벌을 통해 꿀을 선사하는 이로운 나무다. 마치 냉이가 외래종임에도 불구하고 이제는 우리 고유종처럼 느껴질 만큼 우리 정서에 맞는 풀이 되었듯이 아까시나무도 이제 오랫동안의 미움을 걷어내고 친근한 나무가 되기를 바란다.

---

* 냉이는 대륙으로부터 보리가 전래될 무렵 수영, 질경이, 쇠별꽃, 벼룩이자리 등과 함께 들어온 구귀화식물이다. 개항 후 들어온 식물들을 신귀화식물이라고 하며, 귀화식물을 일컬을 때는 대개 신귀화식물만을 지칭한다.

함박꽃

　　예전에 출판사 편집부에서 근무할 때다. 시골에서 농사를 지으며 시를 쓰는 분의 산문집을 내게 되었다. 정겨운 시골의 정서와 힘든 농촌 현실이 시인의 서정 속에 잘 어우러진 좋은 글이어서 편집을 하는 내내 좋은 책을 만든다는 보람을 느끼면서 일을 했었다.

　　책이 나오고 시인과 함께 술자리를 함께 했었다. 책 내용에 대한 얘기와 더불어 시골 생활에 대한 이런저런 얘기를 하다가 꽃으로 화제가 넘어가게 되었다. 꽃에 대해 많이 알고 있는 시인에게 선배가 문득 “그럼 난 무슨 꽃이야?” 하고 질문을 했다. “할미꽃인가?” 그 시인과 친하던 선배는 자기가 묻고 답하며 키득 웃었다. “그럼 나는 호박꽃이겠네요.” 나 역시 말하며 웃었다. “애는 개나리고요?” 귀염성 있는 성격에 노르스름한 얼굴의 후배를 가리키며 말을 이었다. 꽃에 대해 아는 것도 별로 없고 상상력도 없는 우리가 할 수 있는 비유였다.

그러나 시인은 달라도 많이 달랐다. 우리가 잘 모르는 꽃 이름을 대며 비유했는데 나더러는 함박꽃 같다고 했다. 그 당시에는 함박꽃을 알지도 못했고 그 이름을 들어보지도 못했었다. 함박꽃에서 연상되는 '함지박'을 생각하면 그다지 예쁜 꽃이 아닐 것 같았고, '함박눈'이나 '함박웃음'을 생각하면 탐스럽게 활짝 피는 꽃일 것 같았다. 그리고 1년 정도 지나 한 산사의 암자에서 우연히 함박꽃을 보게 되었다. 흰색인지 분홍색인지 모를 만큼 연분홍빛이 은은히 물든 듯한 꽃잎이 여러 장 겹쳐 있는 화려한 꽃이었다. 장미보다 화사하면서도 우아해 보였다.

나중에 좀더 관심을 가지고 알아보니 그 암자에서 보았던 꽃은 일명 함박꽃이라 불리는 작약 가운데 연분홍 꽃이 피는 종이었다. 그리고 함

함박꽃이라 불리는 작약

박꽃은 작약 말고도 모란과 함박꽃나무를 부르는 이름이기도 했다. 모두 꽃이 크고 탐스럽다는 공통점이 있다.

작약이든 모란이든 함박꽃나무이든 이렇게 아름다운 꽃인 줄 그때 알았더라면 시인에게 고맙다는 말을 하는 건데 그랬다. 무식하니 자기에 대한 말이 칭찬인지 아닌지 알 수가 없었던 것이다. 물론 그 시인은 자기 글에 대해 애정을 가지고 책을 편집해준 것에 대한 감사의 표시로 그런 표현을 했겠지만 함박꽃은 아무래도 당치않은 비유이기는 하다. 글쎄, 나를 함박꽃에 비유하려면 시적인 상상력이 무궁무진하게 필요할 터다. 함박꽃과 나를 연결할 수 있는 단서를 억지로라도 찾아본다면 아마 활짝 웃는 모습을 보고 그렇게 얘기한 것은 아닐까 생각되기도 한다. 그래, 웃음이나마 함박꽃처럼 웃으며 살아야지 하고 뜰에 핀 작약처럼 웃음을 머금어본다.

생명의 무게

올봄에는 웬일인지 벌들이 농막 출입문 앞에서 붕붕거리며 떠나질 않는다. 아무리 쫓아내도 금세 여러 마리가 다시 몰려온다. 농막 안에서 달콤한 냄새라도 나는지 안으로 들어오려고 안달이 난 것 같았다. 혹시나 싶어서 농막 안을 살펴보았지만 뭐 특별히 녀석들의 구미를 당길 만큼 달콤한 냄새를 풍기는 음식은 없었다.

도감에서 찾아보니, 보통 벌보다 몸피가 가늘고 검은색 바탕에 노란 줄무늬가 있는 놈들의 모양은 등검정쌍살벌과 닮아 보였다. 처마 밑에 종처럼 생긴 집을 매달아놓는 습성이 있다는 설명을 보니, 아마 새로 집터를 구하면서 우리 농막이 그럴싸해 보였던 듯하다. 그런데 농막의 출입문이 그 틀에 꼭 들어맞지 않아서 약간의 틈이 벌어져 있는 것이 문제였다. 눈으로는 잘 보이지도 않는 그 틈을 용케 찾아내서는 자꾸 안으로 들어왔다.

녀석들은 천장이나 벽에 붙어 있다가 이따금 붕붕거리며 날아다니기도 하고 사람 몸에 내려앉기도 했다. 파리보다 성가시다고 할 수는 없었지만 문득 몸에 내려앉아 기어 다니는 걸 발견하면 진저리가 쳐졌으니 모기보다 겁이 나기는 했다.

농막 안이 벌집을 매달아놓기에 그리 적절한 장소가 아닌 것을 깨달았으면 들어왔던 구멍으로 다시 나가주면 좋을 텐데 녀석들은 출구를 찾지 못하는 것 같았다. 문이나 창문을 활짝 열고 내쫓고도 싶지만 그랬다가는 집 밖에서 농막에 들어오려고 하는 더 많은 무리가 얼씨구나 하고 들어올 터였다. 집안에서 수시로 보는 작은 거미들은 휴지로 싸서 집 밖에 내놓곤 했지만 벌들은 쉽게 잡히지도 않을 것이고 잘못 건드렸다간 쏘일 것이 걱정이 되었다. 할 수 없이 파리채를 들어 녀석들을 잡았다.

자비로운 시비왕 이야기가 생각난다. 어느 날 시비왕은 숲에 들어갔다가 독수리에게 쫓기는 비둘기를 품에 숨겨서 구해주었다. 그러자 이번에는 먹잇감을 빼앗긴 독수리가 하소연을 했다. 먹이가 없어 굶어 죽게 생겼으니 자기도 불쌍히 여겨 달라는 것이었다. 난감해진 시비왕은 비둘기 무게만큼 자기 몸의 살을 베어내 독수리에게 주기로 했다. 허벅지의 살을 베어내 저울에 달았는데 비둘기보다 가벼웠다. 팔다리를

출입문 틈으로 들어오는 등검정쌍살벌, 한 마리는 벌써 들어오는 중이고 또 한 마리는 탐색 중이다.

잘라내 달아도 비둘기가 더 무거웠다. 하는 수 없이 자신의 온몸을 저울에 올려놓았다. 그제야 저울은 평형을 이루었다. 석가모니의 전생담이다. 불교신자는 아니지만, 살점은커녕 쏘일 것이 염려가 되어 벌을 잡자니 벌침처럼 양심을 찔러오는 이야기가 아닐 수 없다.

모란 꽃 향기에 취해

농막을 지은 첫해에는 땅을 고르고 채소 모종을 심기에도 바빠서 뜰을 꾸밀 여유가 없었다. 고추에 오이, 가지, 토마토, 상추, 호박, 토란을 빼곡히 심고 담장에는 조롱박 몇 개를 심었을 뿐이다. 모종이 나날이 자라고 꽃이 피고 열매 맺는 것이 신기하기는 했지만 무언가 좀 부족한 것 같았다. 날이 갈수록 꽃이 없는 뜰이 삭막하게 보였다. 그래서 그 다음해부터는 꽃과 나무를 좀 심기로 했다. 채송화와 만수국, 패랭이, 한련과 같은 꽃씨를 뿌렸고 철쭉, 장미 몇 그루와 작약(작약은 나무가 아니라 여러해살이풀이지만), 모란은 한 그루씩을 사서 심었다.

그런데 뜰 한쪽은 너무 질기 때문인지 그곳에 심은 철쭉과 장미는 날이 갈수록 시들부들해지기만 했다. 그러다 결국 철쭉은 죽고 말았다. 꽃을 피우기는 하지만 장미도 그다지 싱싱해 보이지 않는다. 어서 다른 곳으로 옮겨주어야 할 텐데 자리가 마땅치 않아서 고민이다.

한편 작약은 심은 그 다음해가 되어서야 꽃을 피웠다. 딱 한 송이였다. 그것도 옆집 울타리 안에서 만발한 것과 비교하면 절반 크기밖에 되지 않는다. 꽃이 크고 탐스러워 함박꽃이라고 불리는 이름이 좀 민망할 지경이다. 모란은 더욱 가관이었다. 모란 역시 한 해가 지나서 꽃봉오리가 맺혔다. 드디어 꽃구경을 하나 했었는데 꽃봉오리가 그대로 없어지고 말았다. 가을이 되면서부터는 나무마저 추레해졌다. 다음해에는 꽃은커녕 나무조차 명을 보존할지 알 수 없었다.

꽃씨들은 싹이 터서 예쁜 꽃망울을 터뜨렸지만 꽃나무들은 그렇지 못했다. 꽃나무들이 이렇게 부실한 이유가 궁금했다. 우리 뜰이 너무 습하기 때문인지, 옮겨 심는 시기가 맞지 않았던 탓인지, 거름이 적절하지 않았던 것이 원인인지 알 수 없었다. 혹 처음부터 부실한 나무를 고른 것은 아닌지 갖가지 의심이 들었다. 하지만 한편으로는 나에게 원예에 대한 재능이 이렇게도 부족했던가 하는 자괴감이 들었다. 원예에 대한 재능이나 그 재능을 가진 사람을 영어로 그린섬(greenthumb)이나 그린핑거즈(greenfingers)라고 한다. 노상 풀과 화초를 만지니 손에 풀물이 드는 모양을 빗대어 그렇게 부르는 것이다. 그간 실내 화분에서 기르던 화초는 물 줄 때와 분갈이할 때, 거름 줄 때를 알기 쉬웠지만 뜰에 있는 꽃나무는 자주 봐야 일주일에 한 번뿐이니 어떤 원인으로 부실해지는지 그 이유를 알기가 어렵다. 아무래도 손에 풀물이 더 들도록 신경을 써주고 감각을 키워나가는 것밖에는 도리가 없을 듯했다.

그런데 모란을 심은 지 3년째가 되는 올해에는 웬일인지 모란이 부쩍 자라더니 꽃봉오리가 올라왔다. 전 해에 꽃봉오리가 그대로 사그라지던 허망한 기억이 있어서 꽃이 피는 것은 크게 기대하지 않았다. 그리고 일주일이 지난 5월 중순이었다. 고추 모종을 심으려고 아침 일찍 뜰로 나가니 꽃잎이 벌어지지 않은 모란꽃이 보였다. 흔히 보아 오던 자줏빛 모란꽃이 아니라 새하얀 솜사탕처럼 탐스러운 흰 꽃이었다. 이제야 꽃이 피나보다 싶었지만 그것이 언제일지는 알 수 없었다. 우리가 없는 주중에 피었다 지는 것이 아닌가 조바심도 났다.

고추 모종을 거의 다 심어가던 점심 무렵이었다. 어디선가 바람결에 여인의 분 냄새 같기도 한 이상한 향이 실려 오고 있었다. 작업모자를 벗고 주위를 살펴보니 놀라운 광경이 펼쳐져 있었다. 어느 틈엔가 모란꽃이 활짝 피어 있었다. 한사코 닫혀 있던 새하얀 꽃잎이 열려서 황금빛 수술과 붉은 암술까지 드러내며 피어 있었다. 그것도 열 송이가 넘었다. 게다가 뜰에 은은하게 가득 차 있는 그 향내는 모란꽃으로부터 나오는 것이었다. 부귀를 상징한다는 그 꽃은 누추한 우리 뜰에서 피기에는 너무 고귀해 보여서 마치 하늘에서 내려온 선녀 같았다. 동양에서는 꽃의 왕(花王)이라고 불리니 과연 그 이름이 틀린 것이 아닌 듯했다.

그런데 모란꽃에 향이 있고 벌이 꿀을 따가고 있으니, 삼국유사에 실린 선덕여왕의 고사를 생각하면 어찌된 영문인지 알 수 없었다.

〈삼국유사〉 권1 선덕여왕 지기삼사(知機三事)에 따르면, 당 태종이 신라에 모란도와 모란 씨를 보내왔다. 선덕여왕은 그림을 보고 꽃에 향기가 없을 것이라고 말했다. 씨를 심어 꽃이 핀 것을 보니 과연 그러했다. 사람들이 선덕여왕에게 어떻게 그것을 미리 알 수 있었느냐고 묻자 선덕여왕은 꽃에 나비가 없는 것을 보고 짐작했다고 했다. 이는 아직도 많은 사람들의 뇌리에 박혀서 모란을 향기 없는 꽃이라고 잘못 생각하게 하는 고사가 아닐까 싶다.

그러나 이것은 당시 화법(畵法)을 잘못 이해한 데에서 온 오해라고 한다. 중국어로는 나비(蝶)와 팔십 노인(耋)을 뜻하는 자가 '디에'로 같은 발음이다. 부귀를 상징하는 모란을 그리면서 그것을 팔십세까지 한정하지 않고 더 오래도록 누리고 싶은 마음에서 나비를 그려 넣지 않는 것이 그 당시의 화법이라고 한다.

하지만 당 태종이 보내온 모란 씨에서 피어난 꽃에 정말 향기가 없었다면 다른 해석의 가능성도 있다. 당시 당에서는 모란 기르기가 유행하면서 품종개량도 많이 이루어진 결과 향기가 없는 모란도 있었다고 하니 선덕여왕의 말대로 독신인 선덕여왕을 조롱하기 위해 일부러 향이 없는 모란 씨를 보냈을 가능성도 있다. (《우리 역사의 수수께끼 2》 참조)

흰 모란 꽃이 여러 송이 피어 은은한 향기가 뜰에 퍼진다.

아직 철이 이른 탓인지 나비는 보이지 않아도 벌들은 바쁘게 모란 꽃 주위를 맴돌며 꿀을 따가고 있다. 영랑의 시처럼 모란이 뚝뚝 떨어져버려 봄마저 여의기 전에 그 향기와 아름다움에 실컷 취해보고 싶다.

여름

무당벌레는 우리 편인가?

농약 없는 세상

조지룡문(弔地龍文)

도둑놈의갈고리 같으니라고

황소개구리 소동

시골 별장에서 바비큐 파티하기

벼락이 무서워

카네이션

우렁각시

팬지

강아지풀

무심한 벌레

강 같은 평화

아까운 햇빛을 두고 가자니

무당벌레는 우리 편인가?

　시골에 오면서 참 많은 벌레들을 본다. 우선 성가신 파리, 모기가 무척 많다. 도시에서는 파리 볼 일이 별로 없지만 이곳에서는 출입문을 여닫을 때 조금이라도 지체하면 여러 마리가 실내로 들어와 계속 들러붙으며 귀찮게 한다. 특히 이른 새벽녘에 얼굴에 달라붙을 때는 기어코 잠을 깨고야 만다. 모기도 훨씬 더 성가시다. 집안에서야 모기향을 켜면 되지만 밖에서 일할 때가 문제다. 여름에 해가 진 뒤 좀 서늘할 때 일하려고 하면 몇 방씩 물리고야 만다. 늦여름과 초가을에는 아예 한낮부터 무섭게 달려들기도 한다.

　반면에 예쁜 벌레들도 있으니, 무엇보다 나비와 달팽이를 들 수 있다. 근래 도시에서는 거의 자취를 찾기 힘든 나비는 예쁘기도 하고 꽃을 수정시켜주어서 반가운 존재이다. 하지만 나중에 청경채를 비롯한 작물의 잎을 엄청난 식성으로 모조리 갉아먹고 있는 애벌레들은 그 예쁜 나비의 알에서 나온 것이니 세상에 좋기만 한 것은 없다는 생각이 든다.

시장에서 사온 상추를 씻을 때 가끔 집 없는 민달팽이를 보지만 집 있는 달팽이는 정말 오랜만에 보았다. 이 녀석이 아주 느릿느릿 움직이는 모양을 한참 바라보며, 집 걱정 없는 녀석이 부러워지다가 집을 지고 다니는 그 수고스러움이 안쓰러워지기도 했다. 그런데 나중에 이 녀석이 작물들 위에 올라앉아 있는 것을 보고 살짝 배신감이 들었다. 전에는 모르기도 하고 관심도 없었던 일인데, 녀석은 농작물에는 해충이었던 것이다.

그리고 농작물에는 이로운 거미, 벌, 지렁이 등이 있다. 이곳에서는

개갓냉이 꽃에 앉은 암먹부전나비

집안 구석에서 심심치 않게 거미가 눈에 띄는데 녀석을 발견하면 다치지 않도록 조심스럽게 휴지에 싸서 집 밖에 내놓는다. 벌레들을 없애준다고 해도 녀석과의 동거는 꺼림칙하기 때문이다. 뜰에는 항상 벌이 몇 마리씩 윙윙거리며 꽃을 수정시키고 꿀을 따가고 있다. 열매가 열릴 생각에 기대가 되기도 하지만 녀석이 가까이 오면 쏘일까봐 언제나 긴장하게 된다. 그리고 지렁이와 그 분변토를 보면 아주 반갑다. 게으른 나 대신 열심히 땅을 갈아주는 농부와 그 결과물인 셈이니 말이다. 그러나 이들 거미, 벌, 지렁이는 그 겉모양으로 인해 가까이 하기에는 좀 '거시기'한 벌레들이다.

이에 비해 모양도 예쁘고 농작물에도 이로운 벌레가 있으니 바로 무당벌레다. 우리 뜰에서 무당벌레를 발견한 것은 방울토마토와 가지에

질경이 잎에 앉은 달팽이

서였다. 그것도 아주 여러 마리에다 노란 애벌레도 있었다. 그런데 보통 그림이나 장신구 따위에서 보던 앙증맞은 무당벌레와는 모양이 달랐다. 색이 약간 바랜 듯한 허연 주황색에 점이 많아 약간 지저분해 보였다. 그리고 녀석들은 애벌레나 성충 모두 방울토마토와 가지의 잎을 열심히 갉아먹고 있었다. 어떤 녀석은 방울토마토의 갈라 터진 틈에서 즙액을 먹기도 했고 가지 꽃잎을 갉아먹기도 했다. 방울토마토와 가지 이파리들은 마치 레이스 커튼이나 망사 스타킹처럼 잎맥만 남기고 구멍이 나 있었다.

방울토마토와 가지에 해를 미치고 있는 것은 분명했지만 나는 이 녀석들이 또 한편으로는 진딧물을 구제(驅除)할 것을 믿어 의심치 않았다. 뜰에 유일한 장미 한 그루가 온통 진딧물에 싸여 자라지 못하고 있었고, 겨우 자리를 잡은 단풍나무에도, 일부 고추에도 진딧물이 극성이었다. 레이스를 짜는 와중에 잠시 짬을 내어 진딧물을 처치해주리라 여겼으나 녀석들은 진딧물 낀 작물 근처에는 얼씬도 않았다. 참다못해 몇 마리를 진딧물이 낀 고추에 데려다놓기도 했다. 그러나 녀석은 진딧물에는 관심이 없는지 바로 날아가 버렸다. 한번은 고추에 앉은 녀석을 보았는데 기가 막히게도 고추의 꼬투리를 갉아먹고 있었다.

뭔가 잘못된 듯했다. 진딧물을 없애기 위해 무당벌레를 사다 뜰이나 밭에 풀어놓는다는 얘기를 책뿐만이 아니라 TV에서도 여러 번 보았고 '무당벌레는 우리 편'이라는 광고 문구까지 있는데, 한사코 진딧물을 외면하고 방울토마토와 가지 이파리를 먹어치우는 벌레가 우리 편일 수는 없었다.

고민 끝에 벌레에 관한 책을 찾아보고 의문이 풀렸다. 이 녀석의 이

가지 잎을 마치 레이스처럼 잎맥만 남기고 갉고 있는 큰이십팔점박이무당벌레. 방울토마토 표면을 갉아놓기도 한다.

름은 '큰이십팔점박이무당벌레'였다. 가끔 우리 뜰에 나타나는 무당벌레와 칠성무당벌레를 비롯해서 꼬마남생이무당벌레, 열석점긴다리무당벌레, 달무리무당벌레, 남생이무당벌레 등 대부분의 무당벌레가 성충과 애벌레 모두 갖가지 진딧물의 천적이라고 되어 있다. 그러나 이 녀석만은 성충과 애벌레 모두 감자와 가지과 식물의 잎을 갉아먹는 대해충이라고 나와 있다. 믿는 도끼에 발등 찍힌 기분이 되어 녀석을 바라보니 얄밉기 그지없었다.

자연농을 하는 어느 분이 농약을 치지 않는 자신의 밭에 있는 벌레를 보고 '벌레도 먹고 살아야지요.' 하고 이야기하는 걸 다큐멘터리 프로그램에서 본 적이 있다. 사실 익충이나 해충이란 것은 지극히 인간적인 관점에서 벌레를 분류하는 것일 뿐이다. 작물에 해가 된다고 해도 그 벌레들이 모두 없어진다면 생태계는 엄청나게 파괴될 것이다. 그것을 모르는 바는 아니지만, 나는 너그럽지 못해 방울토마토 잎을 갉아먹고 있는 '큰이십팔점박이무당벌레'를 보면 손가락으로 톡 하고 튕겨버린다. 내가 미처 토마토에서 돌아서기도 전에 그 놈은 얼른 되돌아오겠지만……

농약 없는 세상

한여름 뙤약볕에서 풀을 뽑는 것처럼 고역스러운 일이 있을까 싶다. 자외선 차단제 바르고 모자 쓰고 목에는 수건을 두르고 토씨 끼고 면장갑 끼고 완전무장을 하고 나서도 금세 얼굴이 화끈거리고 등까지 따끔거려온다. 오후에 일을 끝내고 나서 세수하고 거울을 보면, 얼굴이 까맣게 탄 것은 물론 기미, 주근깨가 짙어지고 주름도 는 거 같아 속이 상한다. 허리 아프고 종아리 당기고, 힘을 주어 풀을 뽑은 탓인지 손이 쑤실 때도 있다. 김매기만 하지 않으면 일거리의 7할은 줄어들어 훨씬 수월해질 거 같다.

일 나갔다 점심때 잠시 들어온 동네 사람들이 가끔 우리 농막을 기웃거리다 우리들이 땀을 뻘뻘 흘리며 풀 뽑는 것을 보면 저마다 한마디씩 한다.

"쉬러 왔으면 마당에 테이블 놓고 커피나 마실 것이지, 일만 너무 하네."

"뙤약볕에서 그렇게 일하단 쓰러지고 말아! 낮에는 좀 쉬어야지."

"어느 세월에 그 많은 풀들을 뽑으려고 그래! 안 돼. 제초제를 써야지."

아랫집 아주머니는 아무것도 모르는 한심한 우리들에게 제초제가 몇천 원밖에 안 하니 사서 쓰라는 정보를 주신다. 그래도 여전히 그 다음 주에도 풀을 뽑고 있는 우리들에게 또 친절을 베푸신다. 농약통을 빌려줄 테니 제초제를 사서 뿌리라는 것이다. 그러나 그 다음에도 풀을 뽑고 있는 것을 보신 아랫집 아저씨는 아예 농약통을 지고 오셨다. 직접 뿌려주시겠다고.

2주일만 손보지 않으면 금세 풀밭이 되어버리는 뜰

“재미 삼아 하는 건데요, 뭐. 괜찮아요.” 하며, 겨우 아저씨의 호의를 거절했다.

아랫집 아저씨는 밭에 농약을 치러 나가실 때 우리 집 앞에 있는 샘에 와서 농약통에 물을 채우고 농약을 타신다. 그리고는 샘 둘레와 고샅 가에 난 풀에 농약을 뿌리며 내려가신다. 마치 동네 방역이라도 책임을 지신 듯한 모습이다. 그래서인지 아저씨네 앞마당에는 풀 한 포기 찾아볼 수 없다. 우리와 담장을 사이에 둔 조그만 뒤뜰에는 봄, 여름, 가을 끊이지 않고 꽃들이 핀다. 복숭아, 가시오가피 같은 나무도 키우고 고추와 콩 따위 작물도 알뜰하게 심었는데, 아저씨가 제초제를 가끔 뿌리고 아주머니가 김을 자주 매주어 풀이 거의 없다. 그러니 고추밭인지 상추밭인지 풀밭인지 그 밭의 주인이 작물인지 풀인지 모를 우리 뜰이 그 양반들 눈에 얼마나 한심스럽게 보일지 짐작이 가고도 남는다.

그런데 이렇게 손바닥만한 뜰조차 제대로 가꾸지 못하는 우리가 덜컥 사고를 쳤으니, 다른 곳의 밭을 좀더 일구기로 한 것이다. 집에서 좀 떨어진 곳에 있는 백여 평 정도의 밭을 쓸 수 있게 되어서 그곳에 고구마, 옥수수, 호박 따위를 심었다. 그리고는 뜰 안에 있는 풀만으로도 버거워 밭은 통 둘러볼 생각도 못하다가 오랜만에 밭에 나가게 되었다. 당연히 밭은 풀들의 세상이 되어 있었다. 피(돌피)가 사람과 키를 다툴 만큼 자랐고 바랭이는 이 고랑에서 저 고랑으로 뻗어 나가 있었다. 그 풀들을 뽑을 생각을 하니 현기증이 날 정도였다. 그런데 이상하게도 서리태를 심은 곳에만 풀이 없는 것이었다.

“내가 콩밭에는 제초제를 뿌렸지!”

우리가 밭에 나온 것을 보고 아랫집 아저씨가 다가오며 하시는 말씀이다. 아랫집 아저씨는 우리 밭 바로 옆의 넓은 밭에 고추와 메주콩을 심으셨다. 아마 당신 밭에 농약을 치는 김에 남은 농약을 잡초가 '창궐'한 우리 밭에도 뿌리신 모양이다. 아저씨의 말투는 친절을 베푼 사람의 뿌듯함이 배어 있었다.

"아유, 아저씨, 안 그러셔도 되는데…… 힘드실 텐데 앞으로는 하지 마세요. 저희는 그냥 되는 대로 거두게 되면 거두고 아니면 마는 건데…… 힘드시니까 앞으로는 절대 하지 마세요."

평생 농사를 지으며 살아오신 분 앞에서 조그만 땅뙈기도 감당하지 못해 쩔쩔매면서 유기농을 한다는 소리는 차마 못할 노릇이다. 단지 농약과 화학비료를 쓰지 않는다고 유기농이 되는 것이 아니라 벌레를 쫓고 풀을 뽑아주고 거름을 주며 작물에 관심을 기울여야 하는데 새로 일

김매기를 시작하지 않은 이른 봄, 파밭에는 파보다 풀이 먼저 자리를 차지하고 주인 행세를 하고 있다.

군 밭에서는 그러질 못했다. 뜰에서는 커피와 식초 탄 물로 벌레를 쫓고 풀을 뽑아 피복을 하고 음식 찌꺼기로 부족하나마 거름을 주며 엉성하게 유기농 흉내를 내왔다. 그나마 주말농사니 망정이지 농사로 호구지책을 삼고 자식을 가르쳐야 한다면, 그 넓은 땅에서 벌레 먹지 않고 흠 없이 곧게 자라 상품가치가 있는 작물만을 거두어야 한다면, 농약과 화학비료에 의존하지 않을 수 있을지 자신이 없다. 이곳 가까이에도 유기농을 하는 분이 있어 그 방법을 배웠으면 좋겠다. 그런 분이 있다면 주변에도 유기농을 하는 농가들이 늘어날 텐데…….

올 가을에는 짚을 충분히 구해서 뜰과 밭에 덮어두어야겠다. 매번 풀을 뽑거나 베어서 작물 둘레만을 간신히 덮었는데 그것만으로는 풀이 나는 것을 방지하기도 부족했고 거름이 되기에도 부족했었다. 짚을 두둑이 덮어둔다면 한동안 풀이 나지 않아 김매기에서 좀 놓여날 것이고 지푸라기가 썩어 거름이 되고 지렁이의 안식처가 되어줄 테니 거름 문제도 어느 정도는 해결될 것이다.

우리 뜰은 큰 바다에 솟아 있는 조그만 바위섬 같다는 생각이 든다. 우리 뜰에 농약을 치지 않는다 해도 이곳에서 난 작물에는 농약 성분이 들어 있을 것이다. 위쪽의 인삼밭에서 농약을 치니 거기서 흘러오는 물에 농약이 섞여 내려올 것이고 아랫집의 뜰에서 농약을 치니 바람을 타고 날아올라올 것이다. 우리 뜰은 큰 바다에 솟아 있는 조그만 바위섬 같다. 그것도 큰 파도가 섬을 수시로 삼켰다가 뱉어내는 아주 조그만 바위섬 말이다.

조지룡문(弔地龍文)

아침에 뜰에 나와 둘러볼 때에 가장 반가운 것은 새롭게 피어난 꽃보다도, 재잘거리는 새보다도, 꼬불꼬불 뭉쳐 있는 그놈의 응가이다. 여기저기 많이 있는 것을 보니 지난밤에도 무척이나 열심히 작업을 한 모양이다.

그놈들이 열심히 작업하는 곳에서는 꽃이건 채소건 잘 자란다. 물론 풀도 마찬가지다. 풀을 뿌리째 뽑으려다보면 흙을 잔뜩 움켜쥔 풀뿌리 속에 그 녀석이 있을 때가 많다. 그러니 그 녀석들이 일한 결과물인 똥은 미래의 아름다운 꽃과 무성한 푸성귀에 대한 약속처럼 보인다.

어렸을 적에는 징그럽게만 생각했고, 녀석을 만나기가 힘들어진 후에는 비 오는 날 어쩌다 시멘트 보도블록 위에 뒹구는 걸 보게 되면, '비를 좋아하나보다'고 무심히 여기며 혹시나 밟을까봐 꺼림칙해서 피해 갔었다.

　그러나 녀석에 대한 나의 짧은 생각은 모두 그릇된 것이었다. 비 오는 날 밖으로 나오는 것은 비가 좋아서가 아니라 숨쉬기가 힘들어서라는 걸 나중에야 알았다. 녀석은 어둡고 축축한 곳을 좋아하기는 하지만 피부로 호흡을 하는지라 물 속에서는 호흡을 할 수가 없는 것이다. 보지도 못하고 듣지도 못하며 땅 속에서 죽고 부패한 식물과 동물의 찌꺼기를 먹고 사는 녀석의 이름은 지렁이다. 한자어 지룡(地龍)에 접미사 '이'가 붙어 생긴 이름이라고 한다. 그런데 지렁이가 이렇게 더러운 쓰레기처럼 보이는 유기물들을 제 몸 속으로 통과시켜 똥(분변토)으로 내보내면 그 땅은 모든 식물들이 잘 자라는 기름진 땅이 된다. 녀석은 땅을 옥토로 바꿀 뿐만 아니라 쓰레기 처리에도 비상한 재능을 가진 것

아침에 뜰에 나올 때마다 한층 더 높아진 분변토 탑을 볼 수 있다.

이다. 근래에는 가정에서 나오는 음식물 쓰레기를 지렁이를 이용해서
처리하는 시설이나 가정이 늘고 있다고 한다. 음식물 쓰레기 처리에 드
는 비용과 오염 문제가 해결될 뿐만 아니라 거기에서 나오는 분변토는
농사에 요긴하게 쓰인다. 우리 집에서도 시도를 해보고 싶지만 베란다
처럼 지렁이 집을 놓을 만한 곳이 없어서 아쉽다. 시골에서는 밭에다
음식 찌꺼기를 묻는다. 얼마쯤 지나면 음식 찌꺼기는 자취도 없어지고
흙은 검고 기름지게 변해 있다. 그 변화에 지렁이가 관여했음은 물론이
다. 풀을 베어 땅에 덮어놓기만 해도 메마르고 딱딱했던 흙이 검고 촉
촉하고 부드럽게 바뀐다. 베어놓은 풀 더미를 뒤집어보기만 하면 바로
그 작업의 주인공들을 직접 만나볼 수가 있다. '밟으면 꿈틀한다'는 미
물에 지나지 않았던 지렁이가 이제 음식물 쓰레기의 처리와 각종 공해

봄에는 손가락만한 지렁이가 주로 보이다가 여름이 되면 한 뼘 가까이 자란 것들이 많이 보인다.

물질과 농약 등으로 오염된 땅의 지력을 회복시키는 해결책으로 떠오르면서 새롭게 조명받는 이유를 확인하는 순간이다.

사실 지렁이를 처음으로 연구한 학자는 다윈이었다. 다윈은 말년에 지렁이에 대해 경이로움을 느끼면서 지렁이 연구에 몰두했다. 그의 마지막 책은 지렁이에 대한 책(지렁이의 활동에 의한 부식토 형성)이었다. 그때에도 지렁이는 불쾌하고 하찮은 미물로 여겨졌기 때문에, 진화론으로 당시 사람들의 비난을 받던 다윈은 다시 한 번 그 일로 인해 입방아에 오르며 조롱을 받게 된다. 그러나 이 노학자는 병마에 시달리면서도 땅에 엎드려 주의 깊게 지렁이를 관찰하며, 지렁이의 놀라운 작업에 대해 파고들었다.

다윈은 그의 마지막 책에서 "쟁기는 인간이 발명한 것 가운데 가장

오이 심은 곳에 짚을 깔아두었더니 분변토가 많이 생겼다.

오래되고 가장 값진 것이다. 하지만 인간이 나타나기 오래전부터 지렁이는 이미 땅을 갈고 있었고, 마찬가지로 계속해서 갈 것이다."(〈지렁이, 소리 없이 땅을 일구는 일꾼〉에서 재인용)라고 하며, 온 세상의 부식토가 지렁이의 몸을 통과하였으며 앞으로도 그럴 것임을 밝혔다. 이 세상의 역사에서 이렇게 중요한 역할을 한 동물이 달리 있는지 의심스럽다고도 했다.

호미질을 하면서 땅을 파헤치다가 지렁이를 볼 때가 많다. 밤새 일한 녀석들의 휴식을 방해하는 거 같아 얼른 흙을 다시 덮어준다. 하지만 비극은 종종 일어난다. 호미 날에 녀석을 다치게 할 때가 있다. 새경도 받지 않고 날마다 철야로 일하는 충직한 머슴을 주말에나 와서 한나절 일하는 내가 다치게 하다니 기가 막힐 노릇이다. 유씨 부인의 조침문(弔針文)처럼 조지룡문(弔地龍文)이라도 읊고 싶은 심정이 된다.

사고로 몸이 잘라지면 동강난 각각의 몸에서 필요한 기관들이 생겨나면서 두 개의 개체가 되는 종이 있다고 들었다. 이 녀석도 제발 그리 되었으면 하는 바람을 가지면서 흙을 살살 덮어준다.

도둑놈의갈고리 같으니라고

처음 농막을 짓고, 마당에 이것도 심고 저것도 가꾸자고 하며 꿈에 부풀어 있을 때였다. 흙이 너무 단단해서 아랫집 아저씨에게 경운기로 갈아달라고 부탁을 드렸었다. 조그만 마당인데도 돌이 너무 많아 힘들게 작업을 끝낸 아저씨는 무엇부터 심을지 행복한 고민을 하고 있는 우리에게 한 가지 주의사항을 일러주겠노라고 하며 이야기를 시작하셨다.

건너편 앞집에 사는 아무개가 있는데, 술만 마시면 주사가 심해 아무에게나 행패를 부린다는 것이었다. 남자들에게는 시비를 걸고 여자들에게는 치근덕거리며 달려든다는 것이다. 심지어 예순 넘은 노파에게까지 그런다는 것이다. 이야기는 점입가경으로, 그 아버지가 그 인사에게 맞아 앓다 죽었고, 그 어머니가 근래 아파서 일을 다니지 못하는 것

도 그 인사에게 맞아 그리 되었다는 것이다. 그 어머니는 길가다 넘어
져 다쳤다고 하지만 누군가 그 패륜의 현장을 보았다는 말이 있다는 것이
다. 동네 어느 임산부는 혼자 집을 보던 중 그 인사가 집에 들어오려
고 창문을 깨부수는 통에 놀라 유산까지 했다고 했다. 그 인사는 그 일
말고도 사고 친 일이 많아 교도소를 수시로 드나들어 벌써 별이 몇 개
라는 것이다. 그 밖에도 더 심한 이야기도 있었지만 그것은 부모를 때
렸다는 이야기만큼이나 목격자가 있었는지 불분명한 내용이기도 하고,
실제로 그런 일이 일어났다고는 믿고 싶지 않아서 적지 않겠다. 아무튼
그 인사의 외양은 젊고 멀쩡해 보이지만 위험하니 함부로 들이지 말라
는 것이 아저씨의 당부 말씀이었다.

　이야기를 듣던 언니 얼굴은 사색이 되었고 농막 지은 것을 후회까지
하는 지경이 되었다. 나 역시 맥이 빠지는 기분이었지만, 너무 심각하
게 생각하지 않기로 했다. 동네에 껄렁한 인사가 있어 술을 마시면 소
란을 좀 부리고, 그 탓에 경찰서 유치장 몇 번 다녀온 것이 ‘별’을 달았
다는 식으로 과장되어 이야기되고 있는 것은 아닌지 의심도 들어서 대
수롭지 않게 여기기로 했다.

　애써 태연하려고 했지만 그 인사는 얼마 지나지 않아 우리에게도 사
고를 치기 시작했다. 마당 앞쪽에 경계삼아 얼기설기 둥근 철망을 쳐놓
았는데, 자기가 다니던 길을 막아놓았다며 철망을 끊어버리고 마당에
들어와서는, 자기 사촌 땅에 집을 지었다는 말도 안 되는 소리를 하며
시비를 걸었다. 취한을 상대해봐야 봉변만 당할 것 같아 농막으로 들어
가려고 하자 우리를 따라와 막아섰다. 술에 취해 눈이 풀리고 웃통을
벗은 채였다. 할 수 없이 경찰을 불러서야 그 난리가 끝났다.

일주일 후에 그 인사는 웬일인지 술이 깬 말쑥한 얼굴로 나타나 우리에게 미안하다는 말을 하기는 했지만, 불안한 마음에 남동생을 시켜 철망으로 집 둘레에 모두 담을 둘렀다. 마을 대부분의 집들이 허술한 담은 있지만 대문이 없기 때문에 굳이 우리도 게딱지만한 농막에 담을 두를 생각은 없었다. 쓸데없는 지출을 하고, 남동생은 금쪽같은 휴가를 담 치는 데 썼다. 그렇게 담이 완성되고 한동안 잠잠하더니 대낮에 담을 타 넘어 우리 마당에 들어오는 기막힌 일을 저질렀다. 마치 자기가 다니던 길이었으니 계속 다니겠다는 시위처럼 보이기도 했다. 나가라고 소리쳐 내쫓고 다시 경찰을 불렀다. 그 인사가 타 넘어온 낮은 철망을 보수했다.

그리고 얼마 후 한밤중이었는데 골목이 시끄러웠다. 무슨 일인지 나가 보려고 했는데 금세 다시 조용해졌다. 그 다음날 사람들에게 들으니, 집 앞 골목길에 세워둔 우리 차를 그 인사가 '길을 막고 있으니 다 때려 부수겠다'며 소란을 피우는 것을 그 인사의 모친이 간신히 말렸다는 것이다. 기가 막혔다. 우리 집은 골목 끝이라 우리에게 볼일이 있는 사람이 아니라면 굳이 차를 세워놓은 곳까지 올 필요도 없으니 통행에 방해가 된다는 것은 말이 되지 않는다. 게다가 그 동네 골목길은 아버지가 멀쩡한 '대지'와 맞바꾼 우리 땅이기도 했다. 마을 대부분의 사람들이 집 앞 골목에 자기 차나 경운기를 세워두는 마당에 우리는 우리 소유인 땅에조차 주차를 못하고, 열무를 심어놓은 자리를 뭉개고 뜰에 차를 들여놓았다. 안 그래도 좁은 마당이 더 좁아졌다. 그것으로도 끝이 아니었다. 얼마 후에는 더욱더 기가 막힌 짓을 해서 우리를 기겁하게 만들었고 또다시 경찰을 부를 수밖에 없었다.

　그 인사는 대개 주중에는 도시에 나가 막일을 하고 주말에는 집에 돌아온다고 하는데, 집에 있는 동안은 거의 술에 취해 있었다. 그리고 주말에 취해 돌아다니며 사람들에게 시비를 걸었던 것인데, 주말에만 그곳에 가는 우리도 그 인사에게 시달리곤 했던 것이다. 그런데 그 인사가 취해서 돌아다니며 말썽을 부리는 것을 미리 알게 하는 전조가 있었으니, 동네의 모든 개들이 한참 동안 큰 소리로 짖어대는 것이었다. 알아보니, 그 인사가 동네 개들도 여러 번 때렸기 때문에 그 인사가 지나가면 개들이 그렇게 짖어댄다는 것이다. 아랫집 개는 그 인사에게 피가 흐르도록 맞아 머리가 이상해졌는데 한자리에서 뱅뱅 맴을 돌기만 했다. 하지만 제일 불쌍한 것은 그 개가 아니다. 온 마을 개가 다 짖도록 온 동네를 휘저으며 행패를 부리며 다니다가 마지막에는 제 집에 들어가 개를 패는지, 그 집 쪽에서 나는 개의 비명이 밤늦도록 들린다. 말 못하는 짐승이지만 그래도 생명인데 너무 안쓰러웠다. 복날 개장수에게 팔려 갈 시골 똥개의 팔자라 해도 사는 동안만은 고통 없이 살 수 있어야 하는 것이 아닌가. 개의 비명이 어두운 밤하늘에 울리면 심란해서 잠을 이룰 수가 없었다.

　그 인사가 속을 썩일 때마다 욕이 저절로 나온다. 마음의 평화와 기쁨을 위해 찾은 이곳에서 저런 인간 망종이 있을 줄 짐작이나 할 수 있었겠는가. '저 환삼덩굴 같은 놈, 도깨비바늘 같은 놈, 도둑놈의갈고리, 아니, 개도둑놈의갈고리 같은 놈 같으니라고…….'

　풀이 무성한 길을 걸을 때, 줄기에 스치면 살갗을 빨갛게 부어오르게 하는 환삼덩굴이나, 열매를 옷에 묻혀 따갑고 귀찮게 만드는 도깨비바늘이나 도둑놈의갈고리에 빗대어 욕을 하곤 했다. 하지만 인간을 다소 성가시게 한다 하더라도 그 중에는 식용, 약용, 공업용으로 쓰이는 풀도 있다 하니 그 풀들에는 이로운 면도 있는 것이다. 아니, 인간의 생활에 이로운 점이 없다 해서 쓸모없다거나 해롭다는 말을 할 수는 없을지도 모른다. 최근에 호흡기에 치명적인 해를 끼친다고 해서 퇴치 대상 1호가 된 돼지풀조차 토지의 지력을 보존하는 기능을 하고 있다고 들었다. 인간이 아무짝에도 쓸모없는 잡초라 부른다 해도 그들은 자연 속에서 모두 제 역할을 하며 살아가고 있는 것이다. 쓸모없을 뿐더러 해롭다고 여기는 풀조차 한두 가지쯤은 좋은 일을 한다. 하물며 인간인 이상 그보다는 조금은 나아야 하지 않을까.

언젠가도 그렇게 동네 개들이 한참이나 짖어서 '그 인사가 또 말썽을 부리며 다니나보다' 했던 주말이었다. 다음날 알아보니, 그 인사가 동네 당구장에서 사람을 다치게 해서 잡혀갔다고 했다.

동네 개들이 한밤중에 발작적으로 짖는 일이 없어져 동네가 조용해진 지 한 1년 가까이 지났다. 아무리 전과가 있어서 가중처벌을 받는다 해도 사람 좀 다치게 한 것치고는 너무 오래 감옥에 있는 게 아닌가 해서, 동네 사람들에게 물어보니, 당구장에서 시비가 붙은 사람의 얼굴을 낫으로 그어버렸다고 한다.

그 동안 여기저기 쏘다니며 어찌나 자주 말썽을 일으켰던지 인근 3개 리에서 이번 기회에 그 인사를 오랫동안 좀 잡아둬 달라는 탄원서를 냈다고 한다. 평소에 착하고 성실했던 사람이 우발적으로 큰 죄를 지었을 때 동네 사람들이 나서서 처벌을 가볍게 해달라는 탄원서를 내는 경우는 뉴스를 통해 보았지만 이런 경우는 듣도 보도 못했다. 그 개인에게나 공동체 모두에 불행한 일이다.

꼬투리열매 끝에 갈고리처럼 생긴 가시가 달려 있어 옷에 잘 달라붙는 도둑놈의갈고리
© 김성수(http://cafe.naver.com/yatam)

공동체적 결속이 강했던 예전 같으면 이렇게 지속적으로 소란을 부리는 사람이 없었을 것 같다. 한마을 사는 어른 어려운 줄 알았을 테고 사람들 눈 무서운 줄도 알았을 테니 말이다. 그래도 혹시라도 못된 짓을 하는 사람이 있다면 청년들이 앞장서서 징계를 내렸을 터다. 예전 어느 마을에서는 술 취해 행패 부리는 사람을 마을 사람들이 멍석말이까지 했다고 한다. 하지만 농촌의 파탄된 경제 탓에 공동체는 와해되고 어른들은 권위를 잃어버렸고 공동체를 굳건히 할 청년들은 떠나고 없다.

그 인사의 행패에 대해 소외된 농촌 총각의 좌절감이 표출된 것이라고도 할 수는 있다. 그러나 그 폐해가 너무 크다. 개인과 그 가족, 마을 사람들까지 고통을 겪게 하는 알코올 문제만이라도 이제 사회가 대책을 세워야 하는 것이 아닌가 하는 생각이 든다.

오늘 밤에 느끼는 시골의 고요함이 언제까지 지속이 될지 모르겠다.

황소개구리 소동

한여름에는 뜨거운 태양을 피해 이른 아침과 늦은 오후에 집중적으로 일을 한다. 그날도 꽤 어둑해지도록 일을 하던 중이었다. 뭔가가 풀밭에서 펄쩍 뛰어올랐는데 어두워서 잘 보이지 않았다. 개구리 종류인 듯했는데 그간 보아온 참개구리는 아닌 듯했다. 웬만한 아이의 주먹보다 큰 참개구리들이 풀썩 뛰어올라 가끔 놀라기도 하지만, 이번에는 그 크기와 움직임이 참개구리보다 훨씬 큰 듯했다. 당장 드는 생각은 '아, 황소개구리!…… 생태계 파괴의 주범!…… 잡아야지!' 하는 것이었다. 마침 옆에 있던 대야를 엎어서 녀석을 생포했다.

그런데 막상 잡아놓고 보니 이 녀석이 황소개구리인지 확신할 수 없었다. 어두워서 자세히 보지 못한 데다가, 대야를 쳐들면 녀석이 도망갈 테니 확인해볼 수도 없었다. 하지만 일단 잡아두었으니 다음날 어떻게 처리할지 결정하기로 했다.

이 녀석의 처리 문제를 생각하자니 잠자리가 편치 않았다. 황소개구리라 하더라도 그 녀석을 어떻게 처치한단 말인가. 영 자신이 없었다. 이웃 아저씨를 불러 어떻게 좀 해보시라고 부탁할 수도 있지만 좀 유난스러워 보일 것 같았다. 그렇다고 그대로 놓아주자니 우리 생태계에 해를 미칠 것이 뻔하지 않은가. 갇혀 있는 녀석처럼 내 마음도 갑갑하기만 했다.

다음날 일을 하면서도 눈길이 엎어져 있는 대야에 갈 때마다 심란하기만 했다. 이 땅에서 생태계 파괴의 주범이라고 지탄을 받게 된 것도 녀석이 원한 것이 아니라 인간이 자신의 필요에 따라 생각도 없이 이 땅에 들여왔다가 자신에게 필요가 없어졌다고 그대로 방치해둔 결과일 뿐이다. 낭비하고 쓰레기를 만들면서 자연을 파괴하며 살아온 내가 무슨 심판관의 자격이 있을까 하는 자격지심도 들었다.

녀석의 목숨을 거두는 일은 생각만 해도 끔찍했다. 그렇다고 대야 속에 그대로 가두어두고 아사시키자니 그는 더 못할 노릇이었다. 결국 더 견디지 못하고 녀석을 풀어주기로 했다.

틈만 있으면 녀석은 뛰어 달아나리라 생각하고 대야를 살짝 쳐들었는데 녀석은 의외로 점잖게 가만히 있었다. 그런데 떡 버티고 있는 녀석을 보니, 몸이 퉁퉁하고 등이 울퉁불퉁한 것이 영락없는 두꺼비였다. 황소개구리나 두꺼비를 모두 TV에서밖에 보지 못했지만 몸이 미끈한 황소개구리와 울퉁불퉁한 돌기가 있는 두꺼비는 확실히 구분할 수 있었다. 맙소사! 두꺼비를 황소개구리로 잘못 알고 잡아놓고는 그 처리 문제로 고민을 했었다니, 기가 막혔다. 무엇보다 두꺼비에게 미안했다.

엎어두었던 대야를 들추었더니 두꺼비가 떡 버티고 있다. 녀석은 급할 것 없다는 듯이 어기적거리며 풀밭으로 갔다.

"미안해, 두껍아. 그만 가봐."

그런데 녀석은 눈을 부릅뜬 채 꼼짝을 않는다. 억울한 감금으로 인해 화가 난 건지, 기운이 빠져 그런 것인지 알 수 없었다. 톡 건드리니, 어기적거리며 네 다리로 기면서 움직인다. 세상에 무서울 것도, 바쁠 것도 별로 없다는 듯 배짱 있어 보이기도 했지만, 한편으로 갇혀 있어서 지쳐서 뛰지 못하는 게 아닐까 하는 염려가 되었다. 한참을 지켜 보다 다시 한 번 톡 치니, 이번에는 풀쩍풀쩍 몇 번을 뛰었다. 그리고는 다시 위풍당당하게 어기적거리며 담장 너머 풀숲으로 사라졌다.

'잘살아라, 두껍아!'

시골 별장에서 바비큐 파티하기

항상 험담하기를 좋아하는 어떤 이가 우리의 주말농사에 대해 '시골에 별장 지어놓고 바비큐나 해 먹으러 다닌다'고 했다. 시골에 농막을 지었다고 하니 별장을 지었다고 하고, 주말에 가서 일한다는 것은 고기 구워 먹으러 다닌다는 것으로 바뀌었다. 하긴 많은 사람들이 시골에 농막을 지었다고 하면, 대뜸 언제 한번 바비큐 파티를 하자고 얘기할 만큼 시골에 지은 집은 바비큐 파티를 하는 별장이라고 하는 고정관념이 있는 모양이다.

가구 하나 없는데도 두 사람이 자기에도 빠듯한 방 하나에 부엌이 있는 농막을 별장이라고 우긴다면 어쩔 수 없는 일이긴 하다. 익숙지 않은 농사일을 하느라 허리가 아프고 손에 물집이 잡히고 땡볕에 시커멓게 그을리지 않고 단지 쉬러 간다면 또 모르겠다. 도착하기 전에 미리

청소해놓고 밥해주고 빨래해주고 떠난 후에 정리정돈해 주는 별장지기
가 없는 별장은 별천지만은 아니다.

 그리고 바비큐란 것은 외국 영화에서처럼 신나기만 한 것은 아니다.
일년에 한 번 정도 가족이 모두 모이는 때에 뜰에서 고기를 굽기도 하
지만 그 준비가 만만치 않다. 파라솔을 켜고 의자를 끙끙대며 가져다놓
고 야외 탁자를 닦아야 한다. 숯불 피우고 연기와 그을음을 참아가며
고기를 굽고 상추와 깻잎 따다가 씻어놓고 밥하고 밑반찬 차려놓고 찌
개 끓이는 일은 여럿이 하지 않으면 어려운 일이다. 서비스 좋은 고깃
집에서 잘 차려진 상에서 구워주는 고기를 집어먹는 것과는 차원이 다
르다. 가족이 오랜만에 모두 모여 얘기하며 함께 상을 차리고 먹는 맛
에 하는 것이지 평상시에는 엄두 내기가 힘든 일이다.

 주말농사를 시작한 지 3년 만에 야외 탁자를 마련했다. 중고 탁자를
가져다가 사포로 갈아내고 페인트칠을 여러 번 하느라 하루가 갔다. 하
지만 고생한 보람이 있어선지 흰 의자도 갖다놓고 초록색 파라솔을 사
서 켜놓으니 분위기가 훨씬 나아지고 일하다 쉴 때도 편했다. 하지만
매번 무거운 의자와 파라솔을 창고에서 내놓는 것은 성가시고 탁자도
걸레로 닦아야 하는 번거로움이 따른다.

 야외 탁자를 갖다놓기 전에는 나도 꿈이 있었다. 아침에 새들이 지저
귀는 뜰에 나가 야외 테이블에 앉아 모닝커피를 마시며 여유를 즐기는
것이었다. 하지만 아침에 얼른 기운을 차리지 못해서 이불 개기도 힘들
어하는 내가 무거운 파라솔과 의자를 가져다놓을 생각을 하니 웬만해
서는 엄두가 나지 않는다. 우아한 한 편의 환상을 완성하기 위해서는
걸레부터 등장한다. 탁자와 의자에 묻은 먼지와 이슬을 닦아내야 한다.

게다가 커피를 마시며 노닥거리다가는 일하기 좋은 아침 시간을 놓쳐서 땡볕 나는 한낮에도 일해야 하고 모기에 뜯기며 저녁 늦게까지도 일해야 한다.

아침에 뜰에 나가 테이블에 앉아 모닝커피를 마시는 일은 아직도 환상으로 남아 있다.

벼락이 무서워

보일러에 또 벼락이 쳤다. 지난번에는 리모컨 불빛이 깜박거릴 뿐 작동에는 이상이 없었는데 이번에는 리모컨이 완전히 망가진 채로 보일러가 무한정 돌아가고 있었다. 초여름 농막 안은 녹아내릴 듯한 찜통 속이 되어 있었다. 얼마나 이렇게 보일러가 돌아갔던 것인지 겨울 전까지 쓸 난방유가 모두 없어져버리고 말았다. 창과 문을 모두 열어놓아도 뜨겁게 달구어진 농막은 다음날까지도 쉬 식지 않았다. 그나마 기름이 없는 채로 보일러가 작동되기 전에 우리가 도착한 것이 다행이라면 다행이었다. 아니었으면 보일러 본체까지도 고장 나서 바꿔야 할 상황이 되었을지도 모른다.

대부분의 도시인들이 그렇겠지만 나도 이제껏 도시에서 살면서 벼락 걱정은 한 적이 없었다. 벼락 맞는 일은 뉴스에나 나올 만큼 희한하고도 민망한 일이라고 생각했다. 요행히 목숨을 건진다 하더라도 불행을 당한 데 대해 위로받기보다는 '벼락 맞을' 짓을 한 건 아니냐는 식의 농을 피할 수 없을 테니 말이다. 보일러 기사 말로는 비슷한 높이에 위치한 교회와 초등학교에도 벼락이 쳤다고 했다. 신을 믿고 자기 죄를 뉘우치는 신도들과 순진무구한 어린아이들이 있는 곳에도 벼락이 쳤다고 하니 내가 벼락 맞을 몹쓸 짓을 한 건 아니라고 억지로 자위를 하며 쓴 웃음을 지었다.

꽤 오래전 일이다. 비바람이 몹시 불고 벼락이 치던 한밤중이었다. 우지끈 딱, 하는 너무도 큰 천둥소리에 놀라 잠이 깼었다. 갑자기 거실 창을 닫았는지 미심쩍은 생각이 들어서 거실로 나갔다. 조금 열려진 창으로 비바람이 들이치면서 커튼이 휘날리고 있었고 창밖에서는 번개가 번쩍이고 천둥이 울리고 있었다. 그리고 어두운 거실에는 강아지가 혼자 오도카니 앉아서 창밖을 보며 부들부들 떨고 있었다. 너무 큰 천둥소리에 겁을 먹은 것 같았다. 안심시켜주려고 안아주면서 "괜찮아, 비 오고 천둥치는 건데, 뭘! 그냥 비 오고 천둥치는 거뿐이야." 하는 얘기를 몇 번 해주었다. 하지만 녀석은 진정되기는커녕 비가 그치도록 패닉 상태에서 벗어나질 못했다. 게다가 부작용까지 생겼으니, 이제 화창한 날에도 '비 온다'거나 '천둥 친다'는 말을 들으면 몹시 겁을 내며 부들부들 떨었다. 그래서 우리 가족은 날씨에 대해 이야기할 때 '비 온다' 대신 '레인(rain) 온다'로, '천둥 친다' 대신 '선더(thunder) 친다'로 바꾸어 말을 하곤 했다. 말을 조심한다고는 해도 내리는 비는 어쩔 도리가 없어서 녀석은 천둥이 치는 낮이면 밥을 전혀 먹지 못했고 밤이면 잠을 자지 못하고 겁에 질려서 집안에서 가장 깊숙한 목욕탕 욕조 같은 곳에 숨어들어가서 헉헉거렸다.

안절부절 못하는 그 모양에 한동안은 측은지심이 들었으나 이제는 강아지가 나이가 들도록 매번 그리 하는 모양을 보니, 농이 나오기도 한다. "너만 살려고 숨어 있니?" 혹은 "그 나이를 먹도록 아무 일 없이 안전하다는 걸 아직 깨우치지 못했어?" 하고 빈정거리기도 한다. 하지만 생각해보니, 야생에서는 폭우나 산불 같은 자연재해가 닥쳐오면 사자와 사슴이 함께 동굴 속에 피신해 있어도 사자는 사슴 잡을 생각을 못하고, 사슴은 달아날 생각이 없이 나란히 서서 재앙이 끝나기를 기다리니 강아지의 그런 모습은 지극히 '자연'스러운 행동인 것 같다. 인간이 마구잡이로 자연을 헤쳐놓으면서 자연재해가 더욱 빈발하고 있으니 오히려 자연에 대해 두려움을 느끼지 못하는 인간의 행동이 더 '부자연'스러운 게 아닐까 싶다. 큰 돌과 나무에도 정령이 깃들어 있어서 훼손을 하면 화가 미친다는 소박한 애니미즘은 원시인들의 무지한 미신이 아니라 자연을 그대로 보존하고 인간과 자연이 조화롭게 살도록 이끌었던 위대한 철학이라는 생각이 든다.

시골에 가 있을 때 비가 오면 아무리 일거리가 밀려 있어도 일을 할 수 없으니 모처럼 마음 편히 쉬는 시간을 갖게 된다. 우산을 쓰고 장화를 신고 뜰에 나가 한련 이파리에 떨어지는 빗방울을 바라보기도 하고 청개구리를 찾아보기도 한다. 빗물이 고여 흐르지 못하는 데가 있으면 물길을 내주기도 한다. 비가 좀더 세차게 쏟아지면 농막에 들어가 커피를 마시며 창밖으로 주룩주룩 내리는 비를 바라보며 한가한 시간을 즐긴다. 하지만 빗줄기가 더욱 거세지고 천둥이 심하게 치기 시작하면 전등과 TV, 보일러 등 전기를 모두 끈 후 벌벌 떠는 강아지를 안고서 이

폭우가 빨리 지나가기를 바라는 간절한 마음이 된다. 나도 이제는 벼락
이 무섭다.

카네이션

화원에서 사서 기르는 화초 중에는 오래 기를 수 있는 것들도 있지만 채 한 철이 지나기 전에 시들어버리고 마는 것도 있다. 주로 관엽식물들은 별달리 신경을 쓰지 않고도 두고두고 싱싱한 푸른 잎을 볼 수 있다. 지금 기르고 있는 드라세나(일명 행운목이라고 불린다)는 한 뼘도 안 되는 나무토막이었는데 10여 년간 2미터 가까이 자라 천장과의 거리가 한 뼘도 남지 않았다. 이제는 자라는 속도를 좀 줄여주었으면 하고 바랄 지경이 되었다. 하지만 모든 화초가 이렇게 잘 자라는 것은 아니어서, 주로 꽃이 예뻐서 샀던 화분들은 1년을 넘기지 못하는 경우가 많다. 일년생 화초가 아닌데도 꽃이 지저분하게 지면서 시들시들하다가 아예 죽어버리는 것이다.

시골에 농막을 지은 후에는 꽃이 지고 시들해지는 화초는 시골 뜰에

다가 옮겨 심었다. 어차피 살기 어려운 꽃이니 밑져도 본전이라는 생각
이었다. 그렇게 백합을 심었더니 가을이 되면서 일찌감치 시들어버리
고 말았다. 할 수 없는 일이라고 생각하고는 잊어버리고 있었는데, 다
음해 봄이 되자 백합은 싹이 트고 부쩍부쩍 자랐다. 어느 금요일 밤 늦
게 시골 농막에 도착해 뜰에 들어오니 향기로운 냄새가 봄바람을 타고
뜰에 가득 했다. 달빛이 내려앉은 뜰에 백합이 피어 있는 광경은 감동
이었다. 그 이후로 미니 국화를 옮겨 심었는데 화분에서보다 서너 배는
더 크게 키가 자라더니 꽃을 피웠다. 모든 화초가 옮겨 심었다고 해서
잘 자란 것은 아니지만 많은 꽃들의 환생의 비밀은 해와 바람, 대지에
서 비롯되었을 것이다.

　　올봄에는 보기 좋게 활짝 핀 카네이션 화분을 샀었다. 그런데 집에

죽은 줄 알았던 백합이 사람 키보다 더 크게 자라 꽃을 피웠다. 향기가 뜰에 가득하다.

가져온 지 며칠 되지 않아 생기를 잃더니 남은 꽃봉오리는 피우지도 못한 채 꽃이 지기 시작했다. 금방 시들어 죽을 듯 보이는 것을 옮겨 심었다. 그러자 카네이션은 시름시름하던 것이 언제인지 모를 정도로 다시 살아나더니 두어 달 지나지 않아 꽃을 또 피웠다. 그렇게 자연의 힘으로 다시 살아난 카네이션을 보면서 그 꽃을 꽂아드리고 싶은 선생님이 생각났다. 해, 바람, 대지처럼 자연스럽게 나에게 생기를 불어넣어 주셨던 선생님이……

이충로 선생님. 초등학교 시절 은사님이다.

초등학교에 입학하기 전에 어른들은 학교 가는 것이 좋은 일인 것처럼 이야기하곤 했지만, 어쩐지 그 말은 병원에 데리고 가 주사를 맞힐 때처럼 꾀는 소리로 들렸다. 그러더니 아니나 다를까 낯선 장소와 낯선 사람들과의 만남은 겨울이 채 가시지 않은 초봄의 추위처럼 가슴이 움츠러들도록 만드는 것이었다. 처음 며칠 동안은 엄마 손을 잡고 갔지만, 이후로 혼자 나서는 아침 등굣길은 더 추운 듯했다. 학교는 낯설기만 하고 수업시간에는 재미를 붙이지 못했다. 수업이 끝난 후에 아침에 살짝 얼었던 얼음이 녹아 진창이 된 길을 걸어오자면 털장화에 진흙이 덕지덕지 묻어 발걸음을 떼기가 쉽지 않았다. 이따금 가쁜 숨을 몰아쉬며 멈춰 서서는 양쪽 발을 비벼 진흙을 떨어내며 집에 돌아오곤 했던 기억이 난다. 당시 병약하고 심약하던 나는 학교생활에 잘 적응도 못하고 힘들어하고 있었다.

그러던 학기초였다. 가정방문이 실시되고 우리 집에도 담임선생님이 들렀다. 엄마는 어디선가 쓴 커피 한 잔을 구해다가 선생님에게 대접하고는 이런저런 얘기 끝에 당시 우리 집 어려운 형편을 털어놓았다. 아버지가 지방에 내려가 사업을 시작했다가 동업자에게 사기를 당해 사업자금을 모두 날리고 집에 생활비를 거의 대주지 못하고 있다는 사정을 말이다.

아마 선생님이 내게 관심을 가졌던 것은 그때부터가 아닐까 싶다. 선생님은 가끔 나를 불러 아버지가 집에 들르는지 묻곤 했다. 나는 기어들어가는 목소리로 예, 아니요 하고 간단하게 대답했던 기억이 난다. 선생님이 내게 관심을 보인 것은 그뿐만이 아니었다. 내가 가진 조그만 재주도 눈여겨보아 주셨다. 글씨를 예쁘게 쓴다고 칭찬해주셨고, 그림을 잘 그렸다고 추어주셨다. 심지어 마룻바닥을 반들반들하게 잘 닦았다고 칭찬해주신 적도 있다. 성적도 좋지 않고 부끄럼을 많이 타던 소심한 아이에게서 조금이라도 장점이 있으면 칭찬해주며 북돋아주려고 하셨던 것이다.

하지만 그때는 선생님이 내게 얼마나 잘해주시는 건지 잘 몰랐다. 학년이 올라가니 나 같은 아이는 대개의 선생님에게는 무관심의 대상이라는 걸 알게 되었다. 성적이나 태도에 대해서는 이렇다 하게 칭찬이나 꾸중을 들은 기억이 없다. 그것까지는 좋은데 가난한 집 아이란 것이 때로 냉대의 이유가 된다는 것을 알게 되었다. 당시 1,2백 원 하던 육성회비를 제때에 못 내 아이들 앞에서 망신을 당하는 일도 있었다. 내 잘못도 아닌 일에 선생님이 왜 그렇게 화를 내며 미워하는지 억울하다는 생각을 하며 얼굴을 붉히고 고개를 떨군 채 야단을 맞곤 했다.

참 무지하던 시절이었다. 지금도 돈이 주인인 세상이지만 그때는 학교에서도 돈이 아주 노골적으로 주인 행세를 하던 때였다. 담임교사가 뻔히 나와 있는 성적을 무시하고 등수를 바꾸기도 했다. 2등에서 1등으로 만들어진 아이는 통일주체국민회의 의원 선거에 출마했던 유지의 딸이었다. 아이들이 선거로 뽑은 반장을 그 자리에서 바꾸기도 했다. 아이들이 뽑은 부반장에서 다시 선생님에 의해 반장으로 임명된 그 아이의 낯빛은 무척 민망해 보였다. 그 아이는 군 장교의 딸이었다. 수술을 받고 한 달 이상을 결석한 아이가 개근상을 받기도 했다. 선생님의 설명인즉, 아이가 결석한 동안 그 아이 엄마가 선생님에게 날마다 하루도 거르지 않고 전화를 했으니 출석한 것과 다름없는 것이라 했다. 희한한 논리를 펼치던 선생님의 얼굴은 아직도 생생하다. 그 아이의 입성이 무척 고급스럽고 그 엄마가 학교에 자주 찾아왔던 것도 기억난다. 그런 선생님들이 1학년 담임이었다면 학교생활은 시작부터 너무 힘들었을 것이다.

다행스럽게도 고학년이 되면서 우리 집안 형편이 조금은 나아져 학교에서 내라는 육성회비를 밀리지 않고 낼 수 있게 되었다. 뒤늦게 머리가 깨는 편이었는지 성적도 많이 올랐다. 유난히 촌지를 밝히는 선생님한테가 아니라면 칭찬받는 일도 생기곤 하였다. 하지만 중학교에 입학한 뒤부터 학교 공부는 대학 입시를 위한 것이고, 집안 형편상 대학에 진학할 수 없다는 것을 깨달은 이후로는 학교 공부에 흥미를 잃고 말았다. 교과서 대신 책에 빠져 지내며 무의미하고 따분한 학교생활을 견뎌냈다. 우등생 공부벌레들을 무식하다고 속으로 경멸하기도 했는데 노력해도 되기 힘든 우등생을 깔보다니 참 치기 어린 시절이었다.

하지만 좋은 선생님들을 만나는 행운은 있었다. 그 분들에게는 졸업한 이후에도 친구들과 함께 찾아가곤 했었다. 하지만 이충로 선생님을 찾아뵌 적은 없었다. 그 분의 사랑을 깨달은 것은 시간이 많이 흐른 뒤의 일이고, 선생님을 같이 찾아갈 당시의 친구도 없기 때문이었다. 수소문을 해서 혼자 찾아가기는 아무래도 쑥스럽고 엄두가 나지 않는다.

어려운 집안 형편에 공부는 그저 중간인 아이, 말썽은 안 부리지만 수줍음이 많아 눈에 띄지 않는 소심한 아이에게 선생님이 보여주신 관심과 애정은 나이 들어 더욱 생각난다. 선생님은 아마 나에게만이 아니라 다른 보잘것없는 아이들에게도 사랑을 베푸셨을 것이다. 마치 자연이 그러하듯이 자신에게 1년간 맡겨진 아이들을 두루 사랑하고자 하셨을 것이다.

선생님께는 카네이션을 달아드린 적이 없다. 마음으로나마 되살아난 카네이션을 그 분께 달아드리고 싶다.

시든 카네이션을 뜰에 옮겨 심었더니 다시 꽃이 피기 시작했다.

우렁각시

시골에 가는 길에 '우렁각시'라는 간판을 단 백반집이 있었다. 한적한 길가에서도 약간 들어간 농가에서 살림집과 겸해서 밥집을 하는 모양이었다. 수수하게 생긴 아주머니가 정갈하고 맛깔스러운 시골 밥상을 내올 것 같은 상호 때문에 한번 들르고 싶은 곳이었다. 그런데 그곳을 지날 때는 언제나 밥때가 맞지 않아서 들를 기회가 없었다. 그렇게 몇 년이 지나고 그 집은 그만 보신탕집으로 바뀌고 말았다. 그 예쁜 우렁각시라는 상호도 바뀌었다.

그 밥집을 지날 때마다 우리 농막에도 우렁각시가 있었으면 좋겠다는 우스운 상상을 하고는 했었다. 주말마다 시골에 다니며 주말농사를 짓는 것은, 물론 좋아서 하는 일이지만 힘이 들 때가 있어서 누군가 도와주면 좋겠다는 생각을 때때로 하게 된다.

우리는 주로 금요일 저녁에 시골에 가는데, 차로 한 시간 반이 걸린다. 9시나 10시쯤에 도착하면 그간 별일은 없었는지 뜰을 둘러보고 꼭 닫아둔 농막을 환기시켜야 한다. 어떤 때는 피곤해서 그대로 쉬고 싶기도 하지만 1주일 만에 왔으니 걸레질로 흙먼지를 닦아내고 창문 앞에 떨어져 있는 조그만 날벌레들을 치워야 한다. 널어놓은 빨래도 개켜야 한다. 누군가 미리 청소를 해놓았으면 얼마나 좋을까 생각할 때가 있다.

다음날 아침에 일어나 밖을 둘러보고 빵과 커피로 간단히 아침을 먹은 후 바로 일을 한다. 아침 일찍 시작해야 덜 덥기 때문이다. 그런데 배가 고파지기 전에 밥을 지어야 제때에 점심밥을 먹을 수 있는데 일에 몰두하다가 허기를 느낀 후에 식사 준비를 하면 배가 고파 쓰러지기 직전에야 먹을 수 있다. 밥을 새로 짓고 된장찌개라도 끓이려면 아무래도 시간이 걸리기 때문이다. 그럴 때는 밥상을 몰래 차려놓고 숨어버리는 우렁각시가 있었으면 좋겠다는 생각을 한다. 아마도 우렁각시 전설이란 것이, 옛날 옛적에 논에서 일을 하다가 배가 고파진 노총각이 밥상 차려줄 색시가 없는 신세를 한탄하다가 우연히 논우렁이를 발견하고는 '우렁각시' 이야기를 생각해낸 것에서 비롯된 게 아닌가싶다.

작물을 심고 가꿀 때는 힘들더라도 거둘 때는 보람을 느끼는 것이 당연지사지만, 수확물을 갈무리할 때에도 보람만이 아니라 수고가 또 한 번 필요하다. 상추를 따는 일은 시간이 좀 걸리고 고추는 말려야 하는 일이 어렵다. 머위는 우리의 수고 없이 저절로 자라지만 약간 비탈진 곳에 있어서 줄기를 따려면 몸을 이리 틀고 저리 틀고 해야 하는 바람에 허리가 아프기 일쑤고 그 껍질을 하나하나 애써 벗기고 나면 손에 묻은 진한 갈색 진을 빼느라 애를 먹는다. 호박, 가지, 오이, 고추, 상추

등을 봉지에 넣고 나서야 갈무리하는 일이 끝난다. 집에 가면 그걸 가지고 반찬을 해야 하는 일이 남아 있기는 하지만⋯⋯. 갈무리해주는 사람이 따로 있었으면 좋겠다는 생각이 든다.

일요일 오후가 되면 집에 갈 준비를 한다. 서둘러 저녁을 먹고 설거지를 한다. 보통 때 하는 것과 달리 밥솥과 찌개 냄비를 모두 비우고 반찬 그릇도 정리를 한다. 음식 찌꺼기까지 모두 모아 음식 쓰레기는 땅을 파고 묻고 음식 쓰레기를 모았던 통까지 깨끗이 닦아야 한다. 그러고 나면 빨래를 해야 한다. 작업복으로 입었던 옷들과 토씨, 장갑, 모자 등등이 한 보따리가 된다. 빨래를 널고 나면 마지막으로는 걸레질이다. 그리고 그 걸레까지 다시 빨아 널어야 한다. 일이 다 끝난 듯하면 밖에 나가 밭 구석에서 뒹굴고 있는 호미나 낫은 없는지 둘러보고 열려 있는 창문은 없는지 확인한 후 집으로 출발한다. 우리가 대충 정리를 하고 떠나면 꼼꼼히 뒤를 정리해줄 누군가가 있었으면 좋겠다는 생각이 든다.

녹초가 다 되어 집으로 돌아오는 차 안에서도 역시 이번 주에 미처 다하지 못한 일들에 대한 아쉬움이 남는다. 김을 매지 못한 고추밭, 순을 따지 못한 방울토마토, 손보지 못한 도랑 등등 아직 남아 있는 일들이 마음에 걸린다. 누군가 있어 그 일을 마저 해주었으면 좋겠다는 생각이 든다.

물론 이런 우렁각시 타령은 지나친 엄살이라는 것을 마음 한편으로는 알고 있다. 조그만 주말농장에 우렁각시까지 있을 필요가 무엇이란 말인가.

돌이켜보니 이미 내 곁에는 오래전부터 우렁각시가 있었다. 지문이 다 닳아 없어지도록 힘든 장사를 하면서도 언제나 자식들에게 따뜻한 밥을 지어주며 공치사 한번 없었던 어머니가 나와 우리 형제들에게는 우렁각시였던 것이다. 그리고 우렁각시는 자신을 좀체 드러내지 않아서 그렇지 세상 곳곳에도 있었던 것이다. 허리 아픈 농사일을 하면서도 집에 돌아와서는 남자들처럼 바깥일 하고 왔다고 유세하며 쉬지도 못하고 밀린 집안일을 하고 남편과 자식 건사해야 하는 우리 농촌의 여성들이 바로 우렁각시의 환생이 아닐까 한다.

팬지

도로변에 꾸며놓은 화단에서 가장 많이 볼 수 있는 꽃은 팬지가 아닐까 싶다. 뜨거운 뙤약볕과 매연과 먼지 속에서 서 있는 모양이 안쓰러워 보일 정도로 작은 식물이지만 자기 몸체에 비해 꽃은 아주 크고 화려해서 장식용으로 많이 쓰는 모양이다.

예쁜 꽃이다 보니 개량도 많이 해서 종류도 많은데 거리에 심는 것들은 주로 꽃이 아주 큰 종류들이다. 꽃이 크고 화려한 형태로만 자꾸 개량된 것들인 듯하다. 하지만 줄기에 비해 꽃이 지나치게 크다 보니, 때로 꽃을 지탱하기 힘들어 줄기를 잔뜩 수그리고 있는 것도 많다. 게다가 꽃이 필 때는 에너지가 많이 소요되는 때일 텐데 하필 꽃이 활짝 피어 있는 상태에서 길가 화단에 옮겨 심으니 몸살을 앓느라 적응하기가 쉽지 않은 듯하다.

　그 모양은 마치 뒷받침해주는 줄기나 뿌리는 아랑곳없이 보이는 모습에만 치중하는 우리 도시와 도시인의 행태 같기도 하고, 길가에 많이 서 있어서 그런지 '거리의 여자'처럼 보이기도 한다. 어쩐지 불쌍해 보인다.

줄기와 잎에 비해 꽃이 지나치게 커서 힘들어 보이는 팬지

강아지풀

"앗, 벌레다!"

앞서 가는 사람의 목에다 강아지풀을 살짝 대고 이렇게 외치면, 열이면 열 모두 질겁하고 소스라치고 만다. 어렸을 적에 길가에 흔히 나던 강아지풀을 가지고 가끔 하던 장난이지만 요즘처럼 시멘트를 뒤발한 거리에서는 찾아보기 힘드니 하려고 해도 할 수 없는 장난이 되고 말았다.

우리 뜰에도 강아지풀이 나는데, 봄에는 잘 알아보지 못하다가 여름이 되어 강아지 꼬리를 닮은 원통형 꽃이삭이 달리고 나서야 비로소 강아지풀을 알아볼 때가 많다.

강아지를 기르고 나서는 더 가깝게 느껴지는 풀이다. 바람에 흔들리는 모양은 영락없이 강아지가 꼬리를 흔드는 모양 같기 때문이다. 우리

꽃이삭이 강아지 꼬리와 닮은 강아지풀 © 방영애(http://blog.naver.com/knya6973)

강아지는 털이 길고 풍성한 시추 종이다. 녀석이 기분이 좋을 때마다 꼬리를 흔들면 그 긴 털로 인해 작은 바람이 일 정도였다.

녀석은 사람 말을 꽤 많이 알아듣고는 꼬리를 통해 감정을 표현하곤 한다. 예를 들어 간식거리를 손에 들어 보이며, "지금 간식 줄까?" 하면 신나서 꼬리를 세차게 흔들어댄다. 하지만 "코 자고 내일 먹자" 하면 금세 꼬리 흔들기를 멈춰버리고 만다. '지금'과 '내일'의 의미를 안다기보다는 아마도 "지금 간식 줄까?" 하는 소리에 꼬리를 흔들 때마다 간식을 주어서 학습이 된 것 같다.

그런데 녀석의 고질병이 있었으니 다리가 좋지 않은 것이었다. 나이가 점점 들어가면서 잘 뛰지를 못하다가 나중에는 걷는 것도 여의치 않더니 어느 날 주저앉고 말았다. 그냥 두고 볼 수 없어 병원에 데려가서 좋다는 관절약을 사 먹였더니 약이 효험을 보이는지 다시 걷기 시작했다. 다른 개들이 펄펄 뛰어다니는 거에 비하면 형편없는 수준이기는 하지만 더 이상 나빠지지 않도록 조심을 시키고 있다.

그런데 약의 부작용인지 나이 탓인지 녀석의 털이 부쩍 빠졌다. 몸통은 별로 티가 나지 않지만 꼬리털은 살이 숭숭 보일 정도로 많이 빠져 추레해 보인다. 우윳빛이 도는 하얀 털이 풍성했던 꼬리털이 마치 가을에 씨를 떨어낸 강아지풀처럼 초라한 모양이 되었다. 식물이나 동물이나 사람이나 세월이 무상하다.

무심한 벌레

올해는 옥수수를 늦게 심어서 그런지 거름이 부족해서 그런지 옥수수 영그는 것도 남의 밭보다 더뎠다. 당연히 거두는 것도 남들보다 한참 늦게 되었다. 옥수수를 거두기로 한 날이었는데 마침 그 날은 아침부터 하늘이 찌무룩했다. 해서 서둔다고 서둘렀지만 옥수수 껍질을 벗기기 시작하는데 벌써 빗방울이 떨어졌다. 집안에 들어가 다듬을 수도 있지만 껍질과 쭉정이가 많아 쓰레기가 많이 나오는 데다 껍질에는 작은 벌레들이 있었고 옥수수 안에는 통통하게 살이 오른 벌레들이 자리 잡은 것이 많아 집안에 들여놓기가 꺼려졌다.

급한 대로 깡뚱한 처마 밑에서 비를 대충 피하며 옥수수 껍질을 부지런히 까고 있는데 붕붕거리는 소리가 들렸다. 비를 피하기 위해서인지 처마 밑으로 까만 벌 한 마리가 들어왔다. 흔히 눈에 띄는 누렇고 통통

흔하디흔한 옥수수지만, 자랄 때에 거름이 많이 필요하고 벌레가 많이 생겨 경험이 부족하고 농약과 비료를 쓰지 않는 우리에게는 기르기 힘든 작물 중 하나다.

한 벌이 아니라 길쭉한 호리병 모양이었다. 그런데 이 녀석은 웬일인지 벽에는 앉지 못하고 벽에 다가갔다가 밑으로 떨어지는 듯하다가 다시 벽으로 다가가기를 반복하고 있었다. 노쇠해서 벽에 가만히 앉아 있기도 힘이 부치는지 비를 맞아 기력이 소진되었는지 알 수 없지만 생명이 다한 듯 느껴졌다.

비가 점점 세차지고 있어서 옷과 옥수수가 젖어들고 있었다. 얼른 옥수수 껍질을 까야 하는데 눈앞에서 벌이 붕붕거리고 있으니 신경이 쓰였다. 녀석의 동작은 같은 장소에서 느리게 반복되고 있었기 때문에 장갑을 벗어서 후려쳐도 쉽게 잡을 수 있을 것 같았다. 하지만 이미 목숨이 다해가고 있는 생명을 내가 앞서 거둔다는 것이 마음에 걸렸다. 그리고 제 몸 하나 건사하기 힘든 녀석이 설마 남을 공격하랴 싶었다.

비는 거세져 옷을 반 이상 적시고 안경에까지 빗물이 튀었지만 얼른 일을 마치리라는 생각으로 어른거리는 시야 속에서 정신없이 옥수수를 다듬고 있을 때였다.

"아야!"

허벅지 쪽에 따끔한 통증이 느껴져 소리를 지르며 허벅지 쪽을 보니 벌이 휙 날아가고 있었다. 바로 눈앞에서 알짱거리던 벌이었다. 벌에 쏘인 곳은 벌겋게 부어오르며 따갑고도 뜨거운 듯한 통증이 느껴졌고 분한 마음이 들었다.

'불쌍히 여겨 살려주었더니 괘씸하게도 쏘고 달아나다니⋯⋯.'

측은지심이 보은은커녕 배은망덕으로 갚아졌다고 생각하니 약이 올랐다. 녀석을 찾아봤지만 보이지 않았다.

벌에 쏘인 곳은 모기에게 물린 것보다 서너 배쯤 더 부어오르고 아팠지만 더 심해지지는 않았다. 상처가 진정이 되어가자 마음도 가라앉아 벌이 왜 나를 쏘았을까 다시 한번 생각해보게 되었다. 아마 우연히 내 쪽으로 더 다가왔다가 옥수수를 다듬느라고 휘두르는 내 팔 동작이 위협적으로 느껴져 침을 쏘고는 달아난 게 아닌가 싶었다. 벌은 그저 자기 생명에 위협을 가하는 대상에게 침을 쏘아 자기 목숨을 지킨 것일 뿐이다. 일에 몰두하느라 벌이 다가온 것을 알아채지 못한 내게도 잘못이 있었다. 아예 처음부터 벌을 쫓아버리고 일을 했더라면 좋았을 것이다.

죽어가는 생명에 대한 애상은 혼자만의 감상일 뿐이고, 불쌍해서 살려주었다는 것도 혼자만의 생색일 뿐이었다. 벌은 그저 무심히 자신의 본능에 따라 자신의 목숨을 지킨 것일 뿐이니 탓할 일이 못될 것이다.

그래도 한 가지 얻은 것은 있었다. 생전 처음 벌에 쏘인 것이었는데, 상처가 심하거나 알레르기를 일으키지 않았다는 것이다. 요즘처럼 벌

을 가까이서 많이 접하는 상황에서는 벌에 쏘인 사람이 죽었다는 뉴스
는 여간 꺼림칙한 것이 아니었는데 이제 어느 정도는 벌에 대한 공포에
서 놓여날 수 있을 거 같으니 말이다.

강 같은 평화

시골에 가서 자던 밤이었다. 날이 좀 흐리기는 했지만 비는 내리지 않았고 아무 일도 없는 평범한 여름밤이었다. 한밤중 곤히 자던 무렵 귀를 찢는 듯한 요란한 사이렌 소리가 울렸다. 너무나도 큰 소리라 소스라치게 놀라며 잠이 깨었다.

"무슨 일이지?"

언니와 나는 서로 그 말만을 했을 뿐 겁이 나서 다음 말을 잇지 못했다. 3시쯤 된 듯했다. 도대체 이 한밤중에 이토록 큰 소리로 사이렌을 울릴 만한 일이 무엇이겠는가.

도시에서는 이제 민방위 훈련하는 날에도 사이렌을 크게 울리지 않고, 개업하는 가게나 차떼기 장사가 아니라면 마이크로 동네방네 떠들 일도 없다. 물론 이곳은 사정이 좀 다르긴 했다. 마을 어느 집에서 결혼

식 피로연이나 집들이, 칠순잔치를 하거나 초상이 나면 이장이 마이크로 몇 번이나 방송을 했다. 쥐약이나 농약을 타 가라는 방송도 가끔 했다. 추수를 마친 늦가을에는 온천관광 가기로 한 분들은 어디어디로 모이라고 아침 6시부터 방송을 했다. 도시에서라면 아침잠을 깨우는 이러한 방송을 했다간 원성을 감당할 수 없을 것이다. 하지만 이곳에서는 조기 청소를 하기로 한 부녀회원들 나오라고 새벽 5시도 안 되어서부터 몇 번이고 방송을 하는 것이 드물지 않은 일이었다.

하지만 아무리 그렇다고 해도 밤 3시에 귀가 멍멍해지도록 사이렌을 울려야만 할 일은 무엇일까. 한 가지 가능성밖에 없었다.

'휴전선 근방에서 보초 서던 남북한 군인들 사이에서 우발적인 총격전이 벌어져 그것이 확전으로 치달은 걸까, 아니면 미군이 선제공격이라도 한 걸까? 아, 전쟁이 일어난 거라면, 엄마도 다시 못 보고 가족들과도 멀리 떨어진 이곳에서 이렇게 죽고 마는 건가!'

사이렌이 울린 시간은 2,3분이었겠지만 불안한 마음은 이미 지옥에 가 있었다. 제발 무슨 일이 일어난 것이라면, 예전처럼 북한 조종사가 비행기를 몰고 남한으로 귀순한 정도의 사건이면 좋겠다는 생각이 간절했다.

마침내 사이렌이 그치고 말소리가 들려왔다.

"임진강 상류 이북지역에서 홍수가 져서 큰물이 내려오고 있으니, 야영객들은 지금 즉시 안전한 곳으로 대피하기 바랍니다. 거듭 말씀드립니다. 임진강……"

안도의 한숨이 터져 나왔다. 아무리 깊은 잠에 빠져 있더라도 깨어날 수밖에 없는 사이렌 소리를 들었으니 야영객들은 대피할 것이고, 저지대

주민들에게는 대피하라는 얘기가 없었으니 강물이 크게 범람할 정도는 아닌 듯싶었다. 게다가 우리가 있는 곳은 지대가 높아 강이 범람하는 것과는 무관하니 아무 걱정할 것이 없었다. 다시 잠을 청하려고 누웠다. 하지만 워낙 많이 놀랐던 터라 가슴이 진정되지 않고 벌렁거려 잠을 이룰 수가 없었다.

그 동안 이곳을 오가며 많은 군부대를 보았고 군용차들이 40킬로미터로 달리는 바람에 차가 밀리던 일도 꽤 있었다. 밤에 탱크가 가까이서 지나가면 땅이 흔들리는 것도 느꼈고 가끔씩 쿵쿵 하는 포성도 들렸다. 군부대와 관련된 풍경은 평화스러운 시골 마을과는 어울리지 않지만 그 동안 나는 그것에 익숙해져서 이곳이 최전방이라는 사실을 거의 잊고 있었다.

전쟁 위협이라는 것이 그 동안 군사정권 시절, 정권을 유지하기 위한 방편으로 더욱 확대한 것이라 하지만 북한과 미국 사이가 상대적으로 좋았던 클린턴 시절에도 북에 대한 선제공격 논의가 있었음이 나중에 밝혀지기도 했고 이제는 일본마저 선제공격 운운하는 마당이니 전쟁 위협이 없다고는 볼 수 없을 것이다. 그리고 이곳은 그 위협을 가장 먼저 받고 있고 있는 최전방 지역이다. 강의 범람을 경고하는 사이렌 소리를 듣고는 엉뚱하게도 난리가 난 것이 아닌가 하고 잠시 불안에 떤 것은 단순한 한여름 밤의 해프닝이기는 했지만 그간 잊고 있었던 전쟁의 공포를 불러왔다.

다음날 강가에 나가 보니 강물은 별로 불어난 것 같지 않았다. 유유히 흐르는 강 한쪽에서는 중대백로들이 먹이를 찾고 있었고 이곳저곳에는 강태공들이 여느 때처럼 낚싯대를 드리고 있었다. 강 가장자리 물이 얕은 곳에서는 어린아이들이 물장구를 치고 있었다. 문득 지난밤의 해프닝이 우스워졌다. 하지만 강가를 벗어나 되돌아 나오기 위해 다른 길로 들어섰더니 섬뜩한 내용을 담은 경고판이 눈에 띄어 웃음이 가시고 말았다.

　'홍수에 지뢰가 떠내려 와 묻혀 있을 가능성이 있으니 들어가지 마시오.'

아까운 햇빛을 두고 가자니

주말농사를 끝내고 집으로 돌아가는 때는 대개 일요일 밤이지만 가끔 다른 일이 생기거나 하면 해가 남아 있는 시간에 일을 접기도 한다. 정리를 마친 후 집으로 가는 길에 혹 뭔가 빠진 것은 없는지 뜰을 돌아볼라치면 환하게 내리비치는 햇살을 담뿍 받은 뜰은 평온하고 아늑하게만 보인다. 구부정하게 쪼그리고 앉아 땅만 파다가 그 햇살이 주는 평화와 생기를 온전히 누리지도 못한 채 돌아가야 한다는 게 못내 아쉽기만 하다. 그 밝고 따스한 햇살 대신 낮에도 형광등을 켜야 하고 새소리 대신 차 소음을 들어야 하고 풀 냄새, 흙냄새 대신 매연을 들이마셔야 하는 도시로 돌아가야 하는 것이다. 하긴 밤에 돌아갈 때도 안타깝기는 마찬가지다. 초승달과 별이 쏟아질 듯한 밤하늘, 꽃 냄새를 실어 오는 바람, 풀벌레 소리, 청량한 밤공기를 뒤로 하고 떠나기도 아쉽다.

이렇게 주말이 끝날 때마다 이곳을 떠나지 말고 살았으면 하는 마음이 간절해진다. 사실 처음 농막을 지을 때만 해도 1,2년 후에는 이곳에서 아주 살게 되리라 예상했었다. 교육문제를 고려해야 하는 자식도 없고 직장에 다니는 남편도 없으니 고민 없이 이 답답한 도시를 훌훌 떠날 수 있을 거 같았다. 이른 새벽과 해질녘에는 작은 텃밭을 일구고 낮에는 편집일을 하면서 살고 싶었다. 봄, 여름, 가을에는 바삐 살다가 겨울에는 쉬면서 취미생활도 하고 여행도 하면서 지내면 좀 좋으랴 싶었다.

하지만 아무리 떠나고 싶어하는 도시라 해도 나는 도시에서 나고 살아왔다. 일이나 가족, 친지, 생활이 모두 도시 속에 있다. 시골에 틀어박혀 있으면 구슬 꿰기처럼 보수가 낮은 교정일조차 끊이지 않고 제대로 들어올지 알 수 없는 일이고 역시 인형눈알 붙이기 같은 농사일로는 저축하며 살기 힘들 것 같다. 지금은 그럭저럭 지낼 만하겠지만 나이 들어 눈이 침침해지면 교정보는 것도 쉽지 않을 것이고 관절염이 생기면 작은 텃밭 가꾸는 것도 점점 버거워질 것이다. 설상가상으로 늘그막에 병이라도 얻게 된다면 그 대책이 막연할 것이다. 그리고 가족과 멀리 떨어져 지내야 하는 것이 쉽지 않고 친구와 자주 만날 수 없는 것도 고민이다. 아기돼지 삼형제의 첫째가 지은 것처럼 후 불면 날아갈 것 같은 허술한 집에서 여자 혼자 산다는 것도 걱정스러운 일이다. 시골서 살지 못하는 아쉬움만큼이나 막상 옮겨 왔을 때의 걱정거리도 만만치 않다. 아무래도 나무를 옮겨 심듯 조심스럽고 신중하게 좀더 시간이 필요하고 좀더 준비가 필요한 일이라 생각한다.

풋고추, 오이, 가지, 상추, 깻잎, 방울토마토를 따서 갈무리를 하고 정리를 모두 끝낸 후 뜰을 나서자니, 오이와 방울토마토에 눈길이 간다. 오이 몇 개는 아직 따기에는 작아 그대로 두었다. 아마도 내일 저녁이면 먹기에 딱 좋은 크기로 자랄 것이고 모레면 벌써 노랗게 늙기 시작할 것이다. 그렇다고 일주일 후에 바로 노각이 되는 것은 아니어서 한번 늙기 시작하면 한참을 더 늙혀야 한다. 붉게 익어가는 방울토마토도 2,3일 후면 빨갛게 익어 맛이 좋을 텐데 그 시기가 지나가면 금세 갈라터지거나 바닥에 후드득 떨어지고 말 것이다. 이렇게 따지 못한 잘 익은 오이 서너 개만큼, 빨간 방울토마토 한 움큼만큼 아쉬움을 남겨두고 다음주를 기약한다.

가을

개구리 반찬

내가 좋아하는 꽃

고구마 캐기

동물원을 도망쳐 나온 벌새

개구리 왕자

꽃에 얽힌 전설은 슬프다

아라크네포비아

위험한 사랑

몰래 캔 고구마

강아지 똥

빨간 고추, 파란 고추, 그리고 검은 고추

담장에는 조롱박과 수세미외를 심어요

개구리 반찬

　초여름에 너희들이 다녀갔으니 벌써 두 달이 지났구나. 땡볕과 모기를 피해 좀 선선해지면 다시 오겠다고 했으니 또 한 번 올 때가 되지 않았니?

　여기 뜰은 계절의 변화를 겪으며 또 많이 변했단다. 풀들은 올 여름에도 기승을 부려서 고생을 하게 만들었는데 말복이 지나면서 그 자라는 기세가 좀 수그러졌다. 화려했던 한련과 채송화도 한창때가 지나기는 했지만 아직은 볼 만하다. 대신 그때 꽃봉오리만 맺혀 있던 만수국은 포기가 더욱 무성해지면서 수많은 꽃들을 피워내고 있다. 동네를 산책하면서 길거리에서 씨를 조금 받아 심은 거라서 뿌듯하기 그지없단다. 그리고 담장에는 조롱박이 조롱조롱 더 많이 열렸고, 오이보다도 작았던 수세미외가 마치 도깨비방망이처럼 커졌다. 그 주렁주렁 열린

방망이로 '금 나와라 뚝딱, 은 나와라 뚝딱' 할 수 있을 것처럼 마음은 부자가 된 기분이다.

먹을거리도 변하기는 했지만 지난번처럼 뜰에서 자라는 호박을 숭덩 숭덩 썰어 넣고 고추로 매콤한 맛을 낸 된장찌개를 끓일 수 있고 상추와 돌미나리로 쌈을 싸 먹을 수 있다. 오이는 시장에서 사는 것과는 비교가 되지 않을 만큼 물이 많아서 냉장고에 넣어두지 않아도 시원한 느낌을 준다. 빨간 고추와 파란 고추, 깻잎, 파를 가지고 전을 부쳐도 좋겠지. 지난번에는 하지 않았지만 가지와 머위로도 나물을 해 먹을 수 있고 늙은 오이(노각)를 무쳐 먹을 수도 있다.

뜰에서 찬거리를 마련하는 것에 대해 너희들이 신기해했지만 나 자신도 역시 시장이나 가게에 가지 않아도 된다는 게 아직은 신기한 느낌

도깨비방망이만하게 자란 수세미외가 주렁주렁 달려 있다.

이다. 혹 봄에 온다면 냉이와 비름으로 나물을 해 먹고 돌나물은 초고 추장에 무쳐 먹거나 물김치를 담글 수도 있다. 들풀로는 달개비, 쇠비름을 나물로 해 먹을 수 있다. 고들빼기와 왕고들빼기도 먹을 수 있고, 민들레는 이파리를 무쳐 먹고 뿌리는 튀겨 먹거나 술을 담글 수 있다는데 그 예쁜 꽃들을 먹기는 좀 꺼려진다. 가을에는 뜰 한구석에서 자란 토란을 캐서 대로는 육개장, 토란으로는 토란국을 끓이면 좋단다.

무엇보다 군것질거리가 생겼다는 얘기를 해야겠구나. 지난번에는 시퍼랬던 방울토마토가 빨갛게 익어서 손만 닿아도 툭툭 떨어진단다. 음식 찌꺼기를 파묻었던 구덩이에서 자라난 참외도 노랗게 익으며 단내를 풍기고 있다. 또 다른 음식 찌꺼기 구덩이에서 돋아난 단호박도 테니스공만하더니 이제는 다 자랐다.

음식 찌꺼기를 묻은 구덩이에서 저절로 자라난 참외가 노랗게 익어가고 있다.

그런데 무엇보다도 신기한 것은 냉장고 안에 있단다. 아침에 과일을 꺼내려고 냉장고 문을 열다가 깜짝 놀랐다. 냉장고 안 한 귀퉁이에 청개구리가 붙어 있는 게 아니니. 누군들 냉장고 안에 개구리가 들어 있는 것을 상상할 수 있었을까. 전혀 예상하지 못한 상황이었다. 녀석을 떼어내니, 차가워질 대로 차가워진 몸의 감촉이 고무장갑을 낀 손에까지 전해진다. 마당에 내놓으니 냉장고에서 얼어 있던 녀석답지 않게 금방 폴짝 뛰어가 버렸다.

녀석이 어떻게 실내에 들어오고, 냉장고에까지 들어가게 되었는지 궁금증이 일어 갖가지 상상을 해보았다. 지난주에 땄던 상추나 깻잎 따위에 묻어서 실내로 들어와 있었던 것인지, 중고 문짝을 달아 빈틈이 생긴 문틈으로 들어와 있었던 것인지, 아니면 밤중에 우리가 농막에 오

작은 냉장고에 들어가 있는 청개구리. 도대체 언제, 어떻게 들어갔을까?

면서 몇 번 출입문을 여닫는 사이에 문 앞에 있다가 엉겁결에 튀어 들어온 것인지도 모르겠다. 그리고 언제 우리 눈을 피해 냉장고 속으로 숨어들어갔는지도 알 수 없다. 우리는 냉장고를 켜고 반찬을 집어넣으면서 어째서 개구리를 보지 못했던 것일까. 그도 미스터리다.

애들아, 우리 집에 올 때는 반찬 걱정 없다. 쓴맛이 입맛을 돋우는 상추며 깻잎이 뜰에 무진장 있고, 된장찌개에 넣을 호박도 잘 자라고 있고, 물이 많아 시원한 오이를 날마다 따기 바쁘단다. 풀밭 천지라 지난번처럼 고기를 좀 사 와야겠다고? 천만에. 제 스스로 냉장고에 들어가 있는 신선한 고기도 있다. 여우가 먹는다는 개구리 반찬.

내가 좋아하는 꽃

내가 좋아하는 꽃은 꽃이나 잎 혹은 열매가 관상 가치를 갖는 아름다움이 있으면서 식용이나 약용 등의 쓰임새를 갖는 것이다. 그래서 봄에는 민들레가 피는 것이 반갑고 가을에는 구절초가 피기를 기다린다.

환하게 활짝 피는 민들레꽃은 주위마저 밝게 만드는 것 같다. 봄이 되어 민들레가 피는 것이 아니라 민들레가 피어 봄이 된 것처럼 느껴질 지경이다. 공처럼 생긴 씨앗이 바람에 흩날리는 모양도 인상적이다. 꽃이 피었던 자리에 떨어지고 마는 다른 씨앗들과 달리 조그만 낙하산처럼 씨앗이 날아가는 모양은 '꿈'이나 '희망'이라는 단어를 떠올리게 한다. 땅에 뿌리를 박고 작은 키로 살아가는 '안질방이'지만 그 꿈은 이리저리 자유롭게 날아가서 새로운 곳에 싹을 낼 것이다.

민들레의 영어 이름은 댄더라이온(dandelion)이다. 사자 이빨이라는 뜻이다. 잎의 모양이 들쑥날쑥한 것이 사자 이빨과 닮았다고 해서 붙은 이름이란다. 아무리 그래도 화사하고 예쁜 꽃에다 너무 무시무시한 이름을 붙인 것 같다.

잎은 쌈이나 무침으로 먹는데 쌉싸래한 맛이 상추보다 더하다. 꽃은 술을 담그고 뿌리는 튀겨 먹기도 하고 술로도 담근다. 예쁜 꽃이 쓸모도 많은 셈이다. 미인박명이라고 예쁜 꽃은 정성을 기울여도 곧잘 죽곤 하는데 이 예쁜 꽃은 생명력도 빨랫줄처럼 질기다. 도시의 시멘트 보도 블록 틈에서도 태양만 비춘다면 싹을 내고 꽃을 피워 올린다. 다만 아쉬운 것은 주위에 온통 서양민들레만 보인다는 것이다. 토종 민들레는 총포조각이 올라붙어 있고 서양민들레는 아래로 젖혀져 있는데 요즘은 시골에서도 서양민들레꽃이 더 많이 보여 안타깝다. 뜰에 몇 포기 가꾸

흰민들레

려고 하는데 우리 뜰에 우연히 난 민들레는 모두 서양민들레였다. 토종
인 흰민들레가 난 적도 있긴 한데 주중에 씨앗이 맺혀 모두 날아가 버
렸는지 주말에 도착했을 때는 남아 있는 씨가 없었다.

봄의 민들레와 맞먹는 것이 가을의 구절초다. 가을에 피는 쑥부쟁이
나 벌개미취, 감국과 같은 들국화 중 가장 크고 시원스럽게 생긴 꽃이
다. '이제는 돌아와 거울 앞에 선 내 누님'보다는 눈이 크고 맑은 소녀
같은 느낌을 주는 꽃이다.

어렸을 적 엄마를 따라 산으로 구절초를 캐러 간 적이 있다. 엄마가
동네 아줌마와 쑥 비슷하게 생긴 것을 캐는 것을 구경했을 뿐 나는 소
풍 나온 기분으로 놀았었다. 그때 엄마는 내가 제일 싫어하던 무말랭이
를 도시락 반찬으로 싸 갔는데 평소에 입도 대지 않던 무말랭이를 반찬

한라구절초가 피어 있다.

으로 해서 밥을 맛있게 먹었던 기억이 난다. 시장이 반찬이라고 등산을
한 셈이니 밥맛이 좋아졌던 모양이다. 엄마는 구절초를 엿기름과 함께
달여 잼처럼 만들어놓고 식사 후에 한 숟가락 정도를 먹게 했다. 어렸
을 적 입이 짧아 밥을 잘 먹지 않던 내게 식욕과 소화를 촉진하는 약으
로 쓴 것이다. 쓰기는 하지만 뒷맛은 약간 달착지근한 맛이 났다. 우유
를 먹는 사람보다 배달하는 사람이 더 건강하다는 말처럼 구절초를 캐
기 위해 산에 갔더니 구절초가 필요 없을 정도로 입맛이 돌았던 기억이
새롭다.

　이 서늘하게 아름다운 꽃은 약효가 뛰어나 예로부터 부인병과 위장
병에 쓰여 왔다. 꽃이 달린 채로 말린 후 달여서 복용했으며 꽃을 술에
담가 먹기도 했다. 음력 9월 9일에 채취하는 것이 가장 약효가 좋다고
해서 구절초라는 이름이 붙었다고 한다.

고구마 캐기

우리가 주말에 잠깐 와서 언제나 일에 허덕거리다 가기는 해도, 뜰이 좁아서 작물들을 좀더 다양하게 심지 못하는 것이 한편으로는 불만이 었다. 밭의 제왕인 고추를 중심으로 해서 오이, 가지, 호박, 피망, 방울 토마토, 상추, 파, 토란을 조금씩 심고, 담에는 조롱박과 수세미외가 자 라게 하고 꽃은 조금씩 늘려나가고 있지만 여전히 욕심이 나는 것이 많 았다.

밥에 두어 먹는 서리태와 간식거리인 옥수수를 심자니 자리가 비좁았 고, 고구마를 심어 순으로는 나물 반찬을 하고 고구마는 쪄 먹기도 하고 구워 먹기도 하고 싶었지만 돌이 너무 많아 고구마가 자랄 정도로 깊숙 이까지 돌을 골라내기란 불가능에 가까웠다. 청둥호박으로 죽도 쑤고 호박고지도 만들고 싶었지만 호박 덩굴이 차지하는 공간이 너무 커서 호박을 기르자면 다른 것들을 대부분 포기해야 할 정도였다. 그래서 깜냥을 벗어난 짓인 줄 알면서도 조그만 밭 하나를 더 가꾸기로 했다.

작은 뜰도 제대로 돌보지 못해 힘겨워하던 터라 일이 무척 고될 줄 알았는데 막상 일을 해보니 돌투성이인 뜰에 비해 흙이 부드러워 씨앗과 모종 심는 일이 훨씬 쉬웠다. 원대로 서리태와 옥수수, 고구마, 호박을 심었는데, 몇 백 평이라도 더 심을 수 있을 것 같았다. 그런데 그 밭이 농막에서 좀 떨어진 곳에 있어서 자주 가게 되지 않는 것이 문제였다. 한참 만에 가보니, 돌피가 사람 키만큼 자랐고 바랭이는 이 고랑에서 저 고랑으로 쭉쭉 뻗어 자라고 있었다. 단풍잎돼지풀도 많이 자라 있었다. 시골길을 오가며 밭가에 마치 나무처럼 크게 자란 단풍잎돼지풀이 수풀을 이루고 있는 것을 볼 때마다 그렇게 그냥 내버려두는 사람

고구마 밭

들이 참 무심하다 싶었는데 바로 우리 밭이 그런 꼴이었다. 더운 여름 날에 풀 천지가 되어버린 밭에서 허리가 꼬부라지도록 김매기를 겨우 했다. 왜 밭을 더하겠다고 욕심을 냈을까 후회하면서 말이다. 하지만 그런 와중에도 시간이 흘러 드디어 고구마를 수확할 시기가 왔다. 형제 들에게 소풍삼아 아이들을 데리고 고구마를 캐러 가자고 부추겼다. 얘 기를 꺼낼 당시에는 모두 가자고 나서는 분위기였는데 정작 날짜를 정 하고 나니 모두 일이 있다고 빠지는 바람에 언니와 둘이서 고구마를 캐 게 되었다.

우리가 뜰에서 거두는 작물들이 시장에 나온 상품들처럼 크지도 반듯 하지도 않아서 이번에도 별 기대는 하지 않기는 했지만 이건 해도 너무 했다. 한 뿌리에 서너 개의 고구마가 달려 있는데 겨우 먹을 만한 것은 한두 개뿐이고 나머지는 잘아도 너무 잘았다. 처음에는 이번 것만 그렇 겠지 했는데, 두 개를 캐고 세 개를 캐고, 모두 캘 때까지 상황은 변함이 없었다.

유독 작황이 좋지 않은 것에 대해 이것저것에 생각이 미쳤다. 산비탈 을 일군 척박한 밭에다 퇴비도 주지 않았으니 고구마가 아무리 거름을 많이 필요로 하지 않는 작물이라고 해도 영양분이 부족했을 것이다. 게 다가 산그늘이 일찍 드리우는 곳에 자리잡은 밭이라 햇빛을 좋아하는 고구마가 잘 자라기 힘들었을 것도 같다.

그나저나 고구마를 심었으니, 모두 와서 캐라고도 했고, 나눠준다고 도 떠벌였는데 이렇게 부실한 고구마를 조금 싣고 가려니 얼굴이 서지 않았다. 언니와 푸념을 하던 끝에 시장에서 실한 고구마를 좀 사서 우 리 것과 섞어서 집에 가져가야 하지 않겠느냐는 말이 나왔다. 낚시를

갔다가 물고기를 잡지 못해 시장에서 물고기를 사 가는 낚시꾼의 심정을 알 것 같았다. 하지만 그렇게 고구마를 주었다가는 올케는 아마 농약을 치지 않은 고구마라고 해서 껍질도 벗기지 않고 어린 조카에게 먹일 테니 그렇게도 할 수 없는 노릇이었다.

고구마 캐기는 힘이 좀 들어도 땅 속에서 보물 찾듯이 수확하는 재미가 있었다. 하지만 고구마 순을 따는 것은 단순하고 지루한 반복 작업의 연속이었다. 그렇다고 다듬기만 하면 먹을 수 있는 멀쩡한 순을 버릴 수도 없으니 해가 지도록 일하고도 마무리를 짓지 못해 농막 안으로 고구마 줄기를 한 무더기씩 차례로 가지고 들어와 밤늦게까지 순을 따자니 고되기만 했다. 하지만 집에 가져와 고구마 순으로 나물을 무치니 맛이 괜찮았고 고구마도 양이 적고 좀 잘아서 그렇지 맛은 무척 좋

자디잔 고구마가 서너 개씩 달려 있다.

왔다.

　고구마는 연작할수록 잘되는 작물이라고 하니 내년에는 좀더 나은 작황을 기대해본다.

동물원을 도망쳐 나온 벌새

가을이 깊어지면서 봄이나 여름보다는 피는 꽃이 많이 줄어들었다. 뜰의 보석 같던 채송화도 시들해지고 방패 같은 모양의 잎과 매콤한 향이 나는 꽃 모두 아름답던 한련도 수그러들기 시작했다. 패랭이꽃이 계속 피기는 하지만 색이 많이 바랬다. 뜰을 온전히 지키고 있는 것은 만수국(萬壽菊, 프렌치마리골드)이다. 아침에 가끔 서리가 내릴 정도로 날씨가 쌀쌀해지는데도 만수국은 오히려 더욱 무성해지며 끝없이 꽃을 피우고 있어서 점점 비워져가는 허전한 가을의 뜰을 채우고 있다.

독특한 향이 진하고 황금빛이 도는 붉은 이 꽃은 갈 데가 마땅치 않은 나비를 불러 모은다. 주황색에 검은 점이 마치 표범 무늬처럼 보이는 나비가 만수국을 자주 찾아온다. 곤충도감을 찾아보니 표범나비류와 닮아 보였다. 하지만 주황 바탕에 검은 점이 비슷하기는 해도 날개 모양이 일

치하는 것이 없었다. 표범나비의 종류는 꽤 여럿이었고 그 가운데는 암수의 모양이 다른 것도 있고 철마다 모양이 다른 것도 있었다. 한참을 찾은 끝에 날개 바깥 가장자리가 울퉁불퉁한 네발나비임을 확인할 수 있었다.

물론 만수국을 찾는 것은 네발나비만은 아니다. 하루는 만수국 앞에 있는 상추밭을 매다가 벌이 붕붕거리는 소리를 들었다. 그 소리는 아주 가까운 곳에서 들렸기 때문에 잘못하다가는 벌에 쏘일 수도 있을 것 같아서 고개를 들고 벌이 어디 있는지 찾아보았다. 그러나 그것은 벌이 내는 소리가 아니었다. 날개가 보이지 않을 정도로 빠른 속도로 날갯짓을 하면서 무척이나 긴 부리를 꽃 속에 들이밀고 꿀을 따는 아주 작은 새였다.

만수국을 찾은 네발나비

낯익은 광경이었다. 정지 비행을 하면서 꿀을 빨아먹는 작은 새는 바로 동물 다큐멘터리에서 무수히 보아온 벌새였다. 벌새가 우리 뜰에 왔다니 믿어지지가 않았다. 이 녀석이 행여 내 움직임에 놀라 도망갈 새라 숨소리도 죽이고 지켜보기만 했다. 한동안 꿀을 따던 녀석은 금세 어디론가 사라져버렸다. 유명인사를 마주 대하고도 사인을 받지 못한 것처럼 녀석의 사진을 찍지 못한 것이 아쉬웠지만 벌새가 우리 뜰에 다녀갔다는 것을 영광으로 여기며 아쉬움을 달래려고 할 때였다. 무언가 석연치 않은 점이 있었다. 다큐멘터리에서 보았던 벌새의 배경은 열대지역이었다. 아무래도 열대지역에 서식하는 새인 것 같았다. 그렇다면 어디 근처의 동물원에서 탈출한 녀석이었을까? 하지만 서늘해지는 날씨를 더 이상 견디기 힘들 텐데 하는 걱정까지 되었다.

집으로 돌아와서도 녀석의 정체에 대해 궁금증이 떠나지 않아 인터넷을 찾아보았다. 먼저 '벌새'를 찾아보니, 조류 중 가장 작은 새로 뾰족하고 긴 부리로 정지 비행을 하며 꽃의 꿀을 빨아먹는다는 설명이 있었다. 꽃밭에서 벌새를 찍었다는 사람들의 사진도 몇 장 올라와 있었다. 내가 본 것과 같이 빠른 날갯짓 때문에 날개는 선명하게 찍히지 않았고 녹색을 띤 몸통 부분도 비슷해 보였다. 하지만 열대지역에 서식한다는 백과사전의 설명으로 인해 여전히 그 녀석의 정체에 대한 의심은 시원스레 가시지 않았다. 그리고 날개를 빠르게 움직여 정확히 보기는 힘들었지만 언뜻 더듬이 비슷한 것도 본 듯했다. 새라면 더듬이가 있을 리가 없다. 그래서 실려 있는 글들을 좀더 뒷부분까지 살펴보니, 사람들이 벌새로 착각하는 곤충이 있다는 내용의 글이 있었다. 벌새가 출현했다는 제보를 받고 전문가들이 가보면 열이면 열 모두 이 곤충이라는 것이다. 열대지

녀석의 정체는 동물원을 도망쳐 나온 벌새가 아니라 꼬리박각시라는 나방

역이 서식처인 벌새가 한반도에서 발견되었다면, 동물원을 탈출한 것이거나 사람들이 이 곤충을 벌새로 착각한 것이라고 한다.

사람들이 꽃밭에서 어렵게 찍은 벌새 사진이라고 신기해하며 인터넷에 올린 것은 바로 '꼬리박각시'의 사진이었다. 벌새와 같은 조류가 아닌 나비목 박각시과에 속하는 꼬리박각시는 낮은 지대의 풀밭에서 생활하며 벌새처럼 날아다닌다는 것이다.

벌새처럼 날면서 꿀을 빨지만 벌새가 아니고 벌처럼 붕붕거리는 소리를 내지만 벌이 아니고 나비처럼 낮에 날아다니지만 나비도 아닌 나방이라는 것이 녀석의 본색이긴 했지만 그 독특한 비행은 신비롭기만 하다. 내년에도 뜰에 꽃을 흐드러지게 심어 녀석을 다시 초대하고 싶다.

개구리 왕자

뜰에서 일할 때 심심치 않게 찾아오는 동무가 있으니 바로 개구리들이다. 일하다 힘이 들면 가끔 은행나무 그늘에 앉아 쉴 적이 있는데, 은행나무 밑에서 자라고 있는 머위와 토란의 커다란 이파리에는 청개구리가 단골로 앉아 있곤 한다. 바로 앞에서 한참을 쳐다보아도 녀석은 자신의 위장술을 믿는지 꿈쩍도 하지 않고 한참을 그대로 있다. 그 넓은 잎에 앉아 있는 조그맣고 앙증맞은 녀석을 바라보고 있으면 시간 가는 줄 모른다.

청개구리에 비해 몸집이 큰 참개구리는 가끔 사람을 놀라게 한다. 인기척에 놀라 뛰어 달아나는 놈들도 있지만 어떤 녀석들은 사람이 웬만큼 가까운 거리에 있어도 풀숲에 숨어 가만히 있다가 호미 날이 바로 코앞에까지 다가올 때가 되어서야 풀쩍 뛰어오르며 자리를 피하기 때문에 그만큼 가까운 거리에서 당하는 사람의 입장에서는 때에 따라서 깜짝 놀라게 되는 것이다. 더구나 개구리를 잡아먹으려는지 뱀이 출몰하는 것을 몇 번 본 뒤라 수풀에서 이러한 좀 큰 움직임이 있으면 뱀인가 싶어 잠시 긴장되기도 한다.

이렇게 밖에서는 개구리들을 수시로 보는 것이 예사가 되었다. 그러던 것이 이제는 집안에도 개구리가 출입하는 상상할 수 없는 일이 벌어지곤 한다. 처음에는 냉장고에 들어가 있는 청개구리를 발견했다. 어디를 통해 들어왔는지 도무지 짐작이 가지 않았다. 차갑게 얼어붙은 녀석을 집 밖으로 내보내주었는데, 같은 녀석인지 알 수 없지만 그 다음주에도 청개구리가 집안에 들어와 있었다. 텔레비전이라도 같이 보려는지 벽에 붙어 있었다. 이 녀석도 간신히 잡아 내보냈다. 그런데 그 다음

머위 잎에 앉은 청개구리. 한참을 꼼짝하지 않고 있다.

주에는 목욕탕 수도꼭지에 올라앉아 있는 녀석을 발견했다. 이 녀석은 잡히지 않으려고 신발 속으로 들어가고, 세숫대야 옆에 숨고, 빨래판에 달라붙다가 다시 신발 속으로 들어가는 걸 신발째 문 밖에 내놓았다. 아침에 보니 신발 속에서는 사라졌는데 낮에 우연히 수세미외 잎에 앉은 녀석을 보게 되었다.

이렇게 자꾸 집안에 들어오는 청개구리를 보니, 약속을 지키라며 공주에게 떼를 쓰며 쫓아다니는 '개구리 왕자' 동화가 생각이 난다.

〈개구리 왕자 또는 철대를 한 하인리히〉 (뒤의 하인리히 얘기는, 개구리 왕자의 신하인 하인리히가 왕자가 개구리가 된 것을 너무 슬퍼해 심장이 터지지 말라고 철대를 했다는, 사족 같은 얘기다.)에서 공주는 황금 공을 잃어버리고 그것을 찾아주겠다는 개구리에게 친구처럼 대하겠다는 약속을 한다. 하지만 공주는 개구리가 찾아온 황금 공만을 받아들고 개구리는 나 몰라라 버려둔 채 도망을 친다. 그러자 개구리는 약속을 지키라며 왕궁으로 찾아오고 임금은 공주에게 약속을 지키라고 명령을 내린다. 할 수 없이 공주는 개구리와 한 식탁에서 먹고 같은 방에서 지내게 되었다. 그런데 개구리가 침대에까지 올라오겠다고 하자 참다못한 공주가 개구리를 벽에 내동댕이친다. 그러자 알다시피 개구리가 왕자로 변하는 기적이 일어난다.

원래의 동화는 최근 흔히 알려져 있는 것처럼 공주가 입을 맞춤으로써 개구리가 왕자로 변하는 것처럼 낭만적이지는 않다. 그래도 '개구리 왕자'는 사랑에 빠지는 남녀관계의 마술을 잘 보여준다. 처음에는 별 의미 없고 하찮고 징그럽기까지 한 개구리처럼 보이다가 어느 순간 사소한 계기를 통해서 갑자기 멋진 왕자(공주)로 보이게 되는 사랑의 착각을 말이다. 눈에 콩깍지가 씐다고 하는 위대한 착각이다.

물론 이제 나는 개구리 '왕자'에 대한 환상을 꿈꾸기에는 너무 나이가 들어버렸다. 다만 힘든 밭 갈기를 대신 해주고 무거운 퇴비를 날라주고 헐거워진 낫자루를 새로 깎아 끼워줄 '머슴' 개구리만 있으면 되는데, 내 주위에는 '변신'할 줄 모르는 개구리들만이 뜰에서 일하는데 동무해주겠다고, 집 안에서 같이 TV 보고 밥 먹고 얘기하자고, 같이 세수하자고 따라붙고 있으니 그를 슬허할 뿐이다.

꽃에 얽힌 전설은 슬프다

　꽃 가운데는 전설을 간직하고 있는 것들이 많다. 그 중 동자꽃, 쑥부쟁이, 며느리밥풀, 할미꽃 전설은 많이 알려진 것이다. 쑥부쟁이 전설은 사랑을 소재로 하고 있지만 동자꽃, 며느리밥풀, 할미꽃 전설은 예전 궁핍했던 시대상을 그대로 보여주는 이야기다.

　동자꽃은, 탁발하러 마을로 내려간 스님이 눈이 많이 내려 산 속 암자로 돌아갈 수 없게 되자 동자승이 홀로 스님을 기다리다 굶어 죽었는데 그 자리에서 피어났다는 꽃이다. 동자승처럼 귀엽게 생긴 이 꽃은 항상 산 아래쪽을 향해 핀다고 한다. 동자승이 산 아래쪽 마을을 바라보며 스님이 돌아오기를 기다렸듯이…….

　며느리가 밥을 지으면서 몰래 먹었다고 하여 그만 죽임을 당하고 말았는데 그 며느리가 묻힌 자리에서 피어난 꽃은 밥알을 입에 물고 있는 듯한 모양을 하고 있다. 실제 '며느리밥풀'이란 이름을 가진 꽃은 없다. 새며느리밥풀, 알며느리밥풀, 수염며느리밥풀, 꽃며느리밥풀 등이 있을 뿐이다. 며느리밥풀 종의 이름을 붙일 때에 꽃들을 서로 구분하는 데에만 치중하다보니 며느리밥풀이라 부르던 것을 수염며느리밥풀이라고 하고 기본 종은 꽃며느리밥풀이라고 했다고 한다.

큰손녀의 구박을 받던 할머니가 작은손녀를 찾아가던 길에 굶주려 죽은 자리에서 피어났다는 할미꽃은 줄기가 굽은 것이 노파의 등과 같고 나중에 씨앗이 맺히는 모양도 노파의 백발성성한 머리와 같다.

동자꽃이나 수염며느리밥풀, 할미꽃은 배고프던 시절 생겨난 전설이다. 비만이 걱정인 시대에 살고 있지만 인류가 비만을 걱정하게 된 것은 몇 만 년 인류의 역사 가운데 불과 2,30년이 되지 않는다. 물론 아직도 우리 사회의 한편에서는 도시락을 싸 오지 못하는 결식아동과 끼니이을 걱정을 하는 이들이 존재하고, 지구의 다른 편에서도 기아로 죽어가는 인구가 수를 헤아리기 어려울 지경이다. 이렇듯 먹고 사는 문제는 지금까지도 큰일이다. 비만의 문제도 못사는 동네가 더 심하다고 하니 잘 먹고 잘사는 것은 여전히 큰일이다.

사랑과 관련된 전설을 가진 것은 쑥부쟁이다. 대장장이의 딸인 쑥부쟁이는 사냥을 하다 다친 도령을 구해주다가 사랑에 빠졌다. 도령은 다시 올 것을 약속하며 떠났으나 세월이 흘러도 돌아오지 않았다. 쑥부쟁이는 어찌어찌하여 도령을 다시 볼 수 있게 되었으나 도령은 이미 다른 사람과 혼인한 후였다. 마음 착한 쑥부쟁이는 도령을 떠나보냈으나 사랑하는 마음까지 접을 수는 없었다. 사랑하는 이를 기다리다 죽은 쑥부쟁이의 무덤에서는 연보랏빛 들국화가 피어났다.

수염며느리밥풀 꽃. 마치 입 속에 밥풀 두 알을 물고 있는 듯한 모양이다. ⓒ 김성수(http://cafe.naver.com/yatam)

아름답게 피어나 벌과 나비를 기다리는 꽃이기에 사랑하는 이를 기다리다 죽은 여인의 무덤에서 피어났다고 하는 전설을 가진 꽃들이 많다. 사냥이나 전쟁 등 남자들이 떠나고 난 후 기다리는 것이 여인들의 업이 되어서일까.

우리의 꽃 전설에 비해 상당 부분 그리스신화에 그 기원을 두고 있는 서양 꽃의 전설은 사랑과 관련되어 있는 것이 많다. 수선화와 히아신스, 해바라기, 월계수에 얽힌 전설이 유명하다.

월계수에 얽힌 전설은 사랑의 신인 에로스의 장난기 어린 복수에서 비롯되었다. 아폴론에게 놀림을 당한 에로스는 복수하기 위해 아폴론에게 사랑의 황금화살을 쏘고, 사랑을 거절하게 만드는 납화살을 다프네에게 쏘았다. 사랑에 빠진 아폴론이 다프네에게 가까이 가려 하자 다프네는 겁에 질려 도망치기만 했다. 다급해진 다프네는 아버지인 강의 신에게 모습을 바꾸게 해달라고 빌어 그 자리에서 월계수가 되고 말았다. 비탄에 빠진 아폴론은 월계수를 자신의 보호수로 삼았다.

클리티에는 물에 사는 요정으로 태양신인 아폴론을 사랑했으나 아폴론은 그 사랑을 받아들이지 않았다. 해가 뜰 때부터 해가 질 때까지 해바라기만 하던 클리티에는 마침내 해를 따라 움직이는 해바라기 꽃이 되었다.

아폴론과 관련된 전설은 또 있다. 꽃이 피기 위해서는 무엇보다 햇빛이 필요하니 아마도 옛사람들이 태양신과 연관지어 전설을 생각해낸 것 같다.

아폴론은 히아킨토스라는 청년을 사랑하여 사냥이나 낚시는 물론 운동을 할 때도 데리고 다녔다. 둘이 원반던지기를 하고 있는데 서풍인 제피로스가 질투를 하여 원반이 날아가는 방향을 바꾸는 바람에 그만 히아킨토스가 원반에 머리를 맞고 쓰러졌다. 히아킨토스가 흘린 피에서 작은 백합이 모여 핀 듯한 모양에 색은 핏빛인 꽃이 피어났다. 히아신스였다.

아프로디테는 연인인 아도니스가 멧돼지에게 받혀 죽자 그의 피에 신주를 뿌려 핏빛 꽃이 피어나게 했다. 바람이 불어 꽃을 피우고 다시 바람이 불어 꽃잎을 흩날려버린다고 하여 바람꽃이라고도 불리는 이 꽃은 아네모네다.

나르키소스는 아주 잘생긴 청년으로 처녀와 님프들의 구애를 수없이 받았으나 모두 거절하기만 했다. 에코 역시 나르키소스를 사랑하다 목소리만 남게 된 요정이었다. 마음에 상처를 받은 님프 가운데 하나가

복수의 신인 네메시스에게 나르키소스에게도 거절당한 사랑의 아픔을 맛보게 해달라고 빌었다. 나르키소스는 샘에 갔다가 물에 비친 제 모습을 보고 물에 사는 요정으로 착각하고는 사랑에 빠졌다. 복수가 이루어진 것이다. 물속으로 손을 뻗쳐 연인을 잡으려고 하면 물속의 아름다운 모습은 흩어져 사라지곤 하였다. 이후 나르키소스는 샘가를 떠나지 못하고 애를 태우다가 마침내 죽고 말았다. 나르키소스가 죽은 자리에서 아름다운 꽃이 피어났는데 수선화였다.

물에 비친 자신의 모습을 찾으려는 듯 고개를 숙이고 핀 수선화 꽃 © 최정옥(http://blog.naver.com/1989ok)

그리스신화의 꽃 전설은 다양한 사랑의 모습을 보여준다. 해바라기에는 클리티에의 짝사랑, 히아신스에는 동성애과 질투, 수선화에는 나르키소스의 자기애, 월계수에는 다프네가 죽도록 싫다는데도 집착을 버릴 수 없었던 아폴론의 스토커적인 사랑, 아네모네에는 화려하게 피어나자마자 금방 져버리는 꽃처럼 비극적인 사고로 젊고 아름다운 연인을 잃어버린 아쉬운 사랑 등이 그 꽃의 생김새와 성격을 설명해주는 이야기가 되었다.

우리 꽃이 주로 처녀, 며느리, 할머니 등 여성이 죽어서 된 것에 비해 그리스신화에서는 젊고 아름다운 남성이 많다. 그리스 예술품 가운데

잘생긴 청년의 조각상이 많듯이 그리스인들의 미의식이 한편으로는 드
러나는 대목이다.

　모든 죽음이 슬프고 아쉽지만 젊고 아름다운 연인의 죽음은 더 안타
까울 수밖에 없을 것이다. 그들이 죽어 꽃으로 피어났다니 꽃에 얽힌
전설은 동서양을 막론하고 슬플 수밖에 없는 것이 아닐까.

아라크네포비아

    금요일 밤에 시골에 도착해서 어두컴컴한 뜰을 지나가자면 얼굴에 거미줄이 묻을 때가 종종 있다. 일주일 간 사람이 출입하지 않은 뜰에서 거미가 종횡무진으로 거미줄을 쳐놓은 것이다. 아침에 뜰에 나가서도 밤새 새로 쳐놓은 거미줄을 발견할 때가 많다. 고추밭이나 콩밭에는 긴호랑거미가 거미줄을 쳐놓고 거꾸로 매달려 있다. 아침 이슬이 묻어 영롱하게 빛이 나는 거미줄은 아름답게 보일 때도 있다. 인간들은 수십 년 허리띠를 졸라매고 노동을 해야만 가질 수 있는 집을 하룻밤 새에 근사하게도 마련했다. 그 집으로 생계도 해결하니 부러울 수밖에 없다. 더 부러운 녀석은 꽃을 집이자 사냥터로 삼은 꽃게거미이다. 꽃을 자세히 들여다보려다 녀석이 갑자기 나타나는 바람에 깜짝 놀랐다. 꽃에 숨어 있다가 꽃에 접근하는 벌레들을 잡아먹는단다.

농막 안에는 사람이 드나들 때 같이 들어오는지, 방충망 사이로 들어오는지 형광등을 켜면 날벌레가 수도 없이 모여든다. 그래서 그런지 조그만 거미들도 많다. 마치 옷에서 떨어진 실오라기를 뭉쳐놓은 듯 눈에 잘 띄지 않을 만큼 작고 색도 옅다. 반면 밖에 있는 거미들은 크기도 크고 화려한 색을 자랑하는 것도 많다. 거미 이름을 알아보기 위해 곤충도감을 찾아봤지만 거미에 대해서는 나오지 않는다. 고래가 물고기가 아니듯이 거미는 곤충이 아니라 절지동물이니 당연한 것을 잠시 착각했었다.

국내에는 사람을 죽이거나 다치게 할 수 있을 만큼 독이 있는 거미는 없다고 하니 거미를 보고 무서워할 일은 없겠지만 거미를 징그럽거나 공포스럽게 보는 사람들이 많다. 거미를 병적으로 무서워하는 증세를

긴호랑거미가 고추밭에 거미줄을 치고 거꾸로 매달려 있다.

아라크네포비아라고 하는데 그리스 신화에서 거미가 된 '아라크네'와 공포증을 뜻하는 '포비아(phobia)'가 결합되어 거미공포증을 뜻하는 말이 되었다.

그리스 신화에 나오는 아라크네는 길쌈과 수놓는 솜씨가 뛰어난 처녀였다. 그 솜씨에 감탄하던 사람들이 '사람한테가 아니라 여신에게서 배운 솜씨'일 거라고 칭찬하자 자만한 아라크네는 오히려 기분 나빠하며 여신보다 자신이 베를 더 잘 짤 수 있으니 여신과 겨루어 자신이 지면 어떠한 벌이라도 달게 받겠다고 희떱게 말한다. 이러한 소문을 들은 아테나 여신이 노파로 변신해 찾아와 신에게 도전하지 말라고 충고하지만 아라크네는 오히려 화를 내며 무시한다. 인내에 한계를 느낀 아테나 여신도 화가 나 자신의 신분을 밝히고 여신의 모습으로 돌아와 아라크네와 베 짜기 시합을 벌인다. 아테나 여신은 신들의 영광스러운 일들을 아름답게 수놓았다. 아라크네의 수도 형용할 수 없을 만큼 아름다웠으나 신들이 실수한 장면만을 수놓은 것이었다. 마침내 분노가 극에 달한 아테나 여신은 아라크네의 천을 찢어버렸고 수치심을 느낀 아라크네는 목을 맸다. 하지만 여신은 아라크네를 죽게 내버려두지도 않고 거미로 환생시켜 대대로 실을 잣는 벌을 내렸다.

신이 내린 저주 탓인가 거미를 징그럽고 위험한 것으로만 여기는 사람들이 많다. 세계적으로도 얼마 되지 않는 독거미의 존재가 추리소설이나 공포영화를 통해 과장되게 알려져 공포를 유발하고 있는 것 같다. 오히려 거미는 벌레를 잡아먹으면서 농사에 도움을 주는 벌레다. 무당벌레가 사람들에게 사랑을 받는 것에 비하면 거미가 받는 대우는 터무니없이 부당한 것이다. 솜씨 좋고 자부심이 강했던 처녀가 받은 저주가

이렇게까지 오래도록 이어지고 있으니 여신이 내린 벌은 너무 가혹한
듯하다.

위험한 사랑

우리 뜰에서 가장 손이 덜 가는 작물을 꼽으라면 단연 들깨일 것이
다. 주말농사 첫해에는 모종을 몇 개 사다 심었다. 신경을 쓰지 않아도
잘 자라서 쌈으로도 싸 먹고 장아찌로도 담가 먹었다. 나중에 들깨를
얻기 위해 말려서 털어내느라 고생했는데 씨앗들이 아주 보잘것없었
다. 짜도 기름이 나올 것 같지 않았다. 알고 보니, 씨앗이 아니라 잎을
주로 먹는 종류라고 한다. 그런데 나름대로 씨앗들을 거뒀음에도 불구
하고 땅에 떨어진 것들이 많았나보다. 다음해에는 들깨가 있던 자리 부
근은 마치 콩나물시루처럼 들깨 순이 빼곡하게 자라나기 시작해서 솎
아주어야만 할 지경이었다.

그런데 언젠가부터 멀쩡하게 크던 깻잎에 구멍이 뻥뻥 뚫리는 것이
었다. 들깨는 향이 강해서 다른 동물이나 벌레의 침입을 막기 위해 고

추밭 둘레에 심기도 하는 것인데 그 잎을 먹는 벌레가 있다는 것이 희한했다.

하지만 아무리 보아도 깻잎에는 방아깨비들만이 앉아 있을 뿐이었다. 주로 벼과 식물의 잎을 먹는다는 방아깨비가 우리 뜰에서는 들깻잎을 먹는 모양이다.

어렸을 적에는 메뚜기, 방아깨비, 개구리, 붕어 따위를 맨손으로 잘 잡곤 했다. 하지만 오랜만에 봐서인지 방아깨비를 잡자니 징그러운 생각이 든다. 일할 때 주로 끼는 면장갑을 끼고 잡을 수도 있겠지만 들깻잎이 지천으로 나니, 곳간에서 인심난다고 '옛다 너도 먹어라' 하는 심정으로 그냥 두고 본다.

사실 예전에는 도시에도 논과 밭이 더러 남아 있고 작은 동산도 드물지 않게 있었다. 여름이나 가을이 되면 논에는 메뚜기가 흔했고 풀밭에는 방아깨비가 여기저기서 후드득거리며 날아가곤 했었다. 그렇게 흔하게 보던 메뚜기와 방아깨비는 집들이 늘어나고 높아지고 길이 모두 포장되면서 사라져갔다. 이제 도시에서는 공원에 가도 찾아볼 수가 없게 되어버렸다. 그러던 것이 시골에 와서 주말농사를 지으면서 방아깨비들만은 다시 볼 수 있게 된 것이다. 우리 뜰에서는 풀들이 많은 곳이나 깻잎 위에 주로 앉아 있거나 '따다닥' 하는 소리를 내며 날아다니기도 한다.

그런데 8,9월이 되면서 몸집이 큰 방아깨비가 작은 방아깨비를 업고 다니는 모양이 자주 눈에 띄었다. 마치 엄마가 아이를 업어 재우듯이, 착한 누나가 동생을 업어 달래듯이 업고 다녔다. 하지만 곤충도감을 보고 동화 같은 내 순진한 상상은 그대로 허물어지고 말았다. 그것은 암

들깻잎에 앉은 방아깨비들
분꽃 위에서 짝짓기 중인 우리가시허리노린재
방아깨비를 잡아먹고 있는 사마귀. 카메라를 작동하는
사이 거의 다 먹어치웠다.

수 방아깨비가 교미하는 장면이었다. 수컷이 암컷에 비하면 새끼처럼 작아서 그런 오해가 생긴 것이었다.

하긴 사랑의 계절인 모양이었다. 방아깨비만이 아니라 노린재, 무당벌레, 잠자리 같은 벌레들이 꽁무니를 맞붙이고 있는 것이 눈에 많이 띄었다. 그리고 평소 같으면 사람 발소리만 들어도 도망을 갔을 놈들이 경계가 느슨해져 피하지도 않고 사랑에 열중이었다. 아마도 '종의 보존'을 위한 욕망이 '개체의 보존'을 위한 욕망을 뛰어넘는 모양이었다. 하지만 종의 보존은커녕 개체도 보존하지 못하는 대가를 치르는 커플도 생겨난다. 거미줄에 걸리는 녀석들이 자주 눈에 띈다. 사마귀가 방아깨비를 잡아 뜯어먹는 살벌한 광경도 보았다. 아마 새들의 표적이 더 쉽게 될 것도 같은데 그것은 아직 보지 못했다. 자신들의 생명을 내놓고 벌이는 대단한 애정행각이 아닐 수 없다. 종의 보존을 위해 유전자에 새겨진 대로 행동하는 것일 수도 있지만 사랑의 위대함이라고 한다면 이렇게 모든 것을 걸기 때문이 아닐까. 그리고 모든 생명이 귀한 것은 한편으로는 이렇게 아비, 어미의 목숨을 건 사랑을 통해서 태어나기 때문이 아닐까도 싶다.

몰래 캔 고구마

고구마를 밭에 심은 첫해의 수확이 형편없기는 했지만 올망졸망한 고구마들이 맛이 좋아서 다음해에도 다시 심기로 했다. 밭에 자주 나가 보지 못하는 바람에 모처럼 김매기하려면 죽을 고생을 하니 이번에는 비닐을 씌우면 김매기하는 수고에서 좀 놓여날 수 있을 것도 같았다. 연작을 하면 잘 되는 작물이라고 하니, 이번에는 좀 낫겠지, 하는 생각도 했었다. 올해에는 덜 수고하고 더 수확하자는 별 근거 없는 배짱으로 고구마 밭을 하기로 한 것이었다.

그러나 그 기대는 처음부터 어긋나기 시작했다. 워낙 작은 밭이라 밭 가는 것을 따로 의뢰할 수가 없어서 옆의 밭을 하는 아저씨에게 아저씨 밭을 갈 때 같이 갈아달라고 부탁을 했었다. 그러나 그 아저씨 말로는, 밭가는 사람이 술을 먹고 갈았는지, 주문한 대로 밭을 갈지 않고 제멋

대로 갈아놓았다고 했다. 우리 밭도 보니, 만들어달라고 했던 이랑이 보이지 않았다. 지난해에는 이미 만들어진 이랑에 고구마 순을 질러 넣기만 하면 되었는데 삽으로 흙을 퍼 이랑을 만들고 비닐을 씌우자니 허리가 휘고 코에서 단내가 날 지경이었다.

겨우 고구마 순을 묻고 집으로 돌아왔는데, 이제 비가 오지 않는 것이 걱정이었다. 아예 시골에 산다면, 비가 온 다음날 고구마 순을 심으면 되지만 주말에만 가는 우리는 그렇게 할 수 없는 것이 문제였다. 다음주에 밭에 나가보니, 그간 비가 오지 않아서 그런지 말라버린 고구마 순이 절반 가까이 돼 보였다. 올해도 고구마 농사는 글렀구나 싶었다.

얼마 후 혹시나 싶어 밭에 나가보니, 웬일인지 말라버려서 거의 죽었나보다 했던 순들이 대부분 다시 살아나 있었다. 천만 다행이다 싶었는데 이번에는 밭가에서 산 쪽으로 난 동물 발자국을 발견했다. 노루인지 멧돼지인지 모르겠지만 굽이 있는 동물의 발자국이었다. 간신히 살아난 고구마 순이 야생동물 밥이 되는 게 아닌가 걱정이 되었다.

중간에 다시 고구마 순을 따기 위해 나가보았는데, 고구마 줄기는 비리비리한 것이 얼마 자라지 못한 것이 대부분이었다. 지난해에 비추어보면 줄기가 그렇게 부실한 것에서는 고구마가 하나도 열리지 않았었다. 설상가상으로 밭가에는 씌어놓은 비닐이 찢겨지고 이랑 여기저기가 파헤쳐져 있었다. 이제 막 달리기 시작한 고구마가 절반쯤 잘라진 채로 흙 위에 드러나 있었다. 우려했던 일이 벌어진 것이었다.

이후에 살펴보니 더 이상 야생동물의 흔적은 생기지 않았지만 고구마 줄기는 여전히 형편이 없었다. 우리는 의욕을 상실한 채 고구마는 거의 포기하고 말았다. 풀을 뽑아줄 생각도 하지 않았다.

가을에 비가 많이 오면 수확한 고추나 벼 말리는 데에 좋지 않다고 하지만 올해 가을에는 가물어도 너무 가물었다. 두 달 가까이 비가 오지 않았다. 한발 피해가 심한 충청도의 어느 밭이 뉴스에 나오는 걸 봤는데, 무와 고구마가 마치 도라지처럼 작았다. 우리 밭의 고구마도 그것보다 심하면 심하지 더 나을 거 같지 않았다.

고구마를 수확할 때가 되었지만 밭에 나가고 싶은 생각이 들지 않아 망설이다가 혹시나 하는 마음에 나가보았다. 고구마 밭은 한심하기 이를 데 없었다. 이랑에 비닐을 씌우기는 했지만 고랑에 난 풀들이 크게 자라 조그만 고구마줄기를 가리고 있었다. 고구마 밭이 아니라 그저 풀밭 같았다. 아무에게도 알리지 않고 온 것이 다행이다 싶었다. 이번에는 누구에게도 고구마 캐러 가자는 말을 하지 않았고, 먼저 자청해서 가고 싶다고 미리 얘기해놓은 친구에게조차 알리지 않았다. 누군가가 '올해 고구마 농사는 어떻게 됐어?' 하고 물어본다면, '멧돼지가 다 먹어버렸어. 밭이 여기저기 파헤쳐지고 발자국이 여기저기 나 있더라니까.' 혹은 '가뭄이 너무 심해서 고구마가 도라지 같아. 이건 전국적인 현상이야. 뉴스에서 봤다고.' 할 생각이었다.

작년에는 흙이 푸슬푸슬한 것이 조금만 파헤쳐도 고구마가 나오곤 해서 고구마 캐는 재미가 있었다. 그런데 비가 오지 않아 그런지 이번에는 흙이 무척 단단했다. 게다가 작년에 팠던 깊이에서는 아무것도 나오지 않았다. '역시 고구마가 전혀 되지 않은 거야' 하는 한숨이 나왔다. 하지만 파는 김에 좀더 파보기로 했다. 그렇게 단단한 흙을 더 파내려 가자 기다란 고구마가 나왔다. 무척 긴 고구마가 길이로 길게 묻혀 있었다. 두껍지는 않지만 길고 속이 노래서 무척 맛있어 보이는 고구마가 계속 나왔다. 작년 같으면 고구마가 전혀 나오지 않았을 법한 부실한 고구마 줄기 밑에서도 멀쩡한 고구마가 나왔다. 이게 이번 봄에 보통 고구마 순보다 비싸게 주고 산 호박고구마의 특징인가 싶었다.

도라지만큼 손가락만큼 도토리만큼 작은 고구마가 나와도 그간 단단한 땅을 캔 것이 너무 아까워서 모두 끝까지 주워 담았다. 한두 시간을 예상했던 것이 저녁이 가깝도록 시간이 걸렸다. 고구마 순은 너무 잘아 쓸 만한 것이 별로 없었지만 고구마만큼은 작년의 몇 배를 거두었다. 물론 여느 농가에 비하면 보잘것없는 것이기는 하지만 한심한 수준은 면한 것 같았다. 고구마를 캐면서 혹시 누가 지나가면서 한심하다고 혀나 차고 가지는 않을지 신경을 썼는데 지나친 걱정이었다.

고구마를 다 캐고 돌아오는 길에 보니, 언니와 나 모두 오른손 약지 첫째마디 안쪽 똑같은 자리에 커다란 물집이 잡혀 있었다. 고구마 캐기도 꽤 힘들었던 것이다. 하지만 우리는 심을 때와 캘 때만 고생했을 뿐이다. 정작 고생한 것은 고구마일 터이다. 작물은 농부의 발자국 소리

밭에 난 동물 발자국, 촉촉한 진노랑빛 속살이 달콤한 호박고구마

를 들으며 자란다고 하는데 우리 고구마는 찾아오지도 않는 주인들의 무관심 속에서 가뭄과 멧돼지의 습격을 견디며 잘 자라준 것이다.

집에 와서 고구마를 찌니 껍질이 터져 노란 속살이 드러나는 것이 아주 먹음직스러워 보인다. 맛을 보니 보통 고구마보다 훨씬 달콤하고 물이 많다. 제대로 큰 건 물론이고 도라지만큼 손가락만큼 도토리만큼 작아도 거칠게나마 가꾸었던 걸 생각하면, 또 고생하며 자란 걸 생각하면 버릴 수 없었던 작은 고구마도 맛은 제대로 들었다. 이 정도면 고구마를 캐러 가자고 말했던 친구에게 나눠주어도 좋을 것 같다. 남의 밭에 들어가 서리하듯 몰래 고구마를 캐야 했던 사정을 얘기하면서…….

강아지 똥

호박은 어린 애호박에서부터 잘 익어 씨까지 여문 청둥호박은 물론 잎과 씨까지도 쓸모가 많아 첫해부터 모종을 사다 뜰에 심었다. 하지만 호박은 뻗어나가는 넝쿨이 차지하는 자리가 큰지라 심을 데를 고민하게 만든다. 그런데 아랫집을 보자니, 우리 뜰 경계로 살짝 들어온 헛간의 지붕으로 줄기가 올라가도록 호박을 심었다. 우리도 그곳말고는 달리 호박 넝쿨을 감당할 자리가 없어 헛간 아래쪽에다 호박을 심었다. 그렇지만 호박 넝쿨이 왕성하게 자라 서로 얽히고설키면 누구네 호박인지 구별하기 쉽지 않을 것 같아 내심 걱정이 되었다. 하지만 그건 기우에 불과했다. 아랫집 호박 넝쿨만이 맹렬하게 뻗어나가 그 시퍼런 잎이 지붕 전체를 덮고 있었다. 왕성한 생명력을 상징하는 호박 넝쿨이란 말은 아랫집 호박 넝쿨만 두고 이르는 말 같았다. 우리 호박은 비실비

실한 넝쿨에 누렇고 작은 잎이 지붕 끄트머리에 매달려 이따금 호박을 맺다가 서리를 맞기도 전에 서둘러 시들어버리곤 했다. 첫해에만 그랬다면 모종 탓을 하련만 다음해에도 별로 달라지지 않았다.

모종을 심을 때 퇴비를 섞어주고 주위의 풀을 베어 멀칭을 해주었지만 그것으로는 부족한지 호박은 아랫집보다 언제나 부실했다. 음식 찌꺼기를 묻어주면 2,3주 정도 호박이 잘 열렸지만 음식 찌꺼기는 가지나 오이, 고추, 방울토마토에도 묻어주어야 했기에 한두 번밖에는 줄 수 없었다.

어느 날 호박을 따러 나온 아랫집 아주머니와 마주쳤다.

"아주머니네 호박은 어쩜 이렇게 잘 자라요! 거름으로 뭘 주세요?"

"개똥이지 뭐. 처음 심을 때 개똥 한 삽만 주면 그걸로 그만이야."

"아, 개똥!"

아랫집에서는 개를 여러 마리 기르는데 그놈들이 시도 때도 없이 짖어대는 바람에 잠자리가 뒤숭숭해지면 '어휴, 저놈의 개들은 잠도 없나' 하고 원망을 했었는데, 그놈들이 한편으로 호박을 저리 훌륭하게 길러내는지는 꿈에도 모르고 있었다.

사실 우리도 애완견을 기르고 있어서 개똥은 쉽게 얻을 수 있는 것이었다. 시골에 올 때 강아지를 데려오곤 하는데, 그 녀석이 눈 똥을 모두 수세식 변기에 버리고 만 것이다. 더할 나위 없이 좋은 거름을 아까운 물 버려가며 강물을 더럽히며 흘려보내고만 있었던 것이다.

당장 실천에 옮기기로 했다. 변을 볼 때가 지났는데도 가만 앉아 있는 녀석을 밖으로 데리고 나가 흙냄새를 맡게 했더니 바로 효과가 나타났다. 녀석이 눈 똥을 호박 옆에 묻었다. 그리고 그 2주 후에 와서 보니,

신기하게도 강아지 똥을 묻은 호박에만 유독 더 많은 호박이 달려서 잘 자라고 있었다. 그래서 그 다음부터는 호박에 돌아가며 강아지 똥을 묻어주었더니 호박에 생기가 나면서 넝쿨이 뻗어나갔다. 여름과 함께 사그라지던 호박이 늦가을까지 꽃이 피면서 애호박이 쉴 새 없이 열렸고, 숨바꼭질하듯 호박잎에 가려져 따지 못했던 애호박은 어느덧 누런 청둥호박이 되어갔다. 먹성 좋은 우리 대가족이 다 소화하기 힘들 정도라 주위에 나눠주기까지 했다. 하지만 호박을 나눠주는 이들에게는 이런 사연을 말하지 못한다. 그 얘기를 들으면 호박나물이 맛있다며 남는 호박 싸달라고 하던 이들이 입맛 뚝 떨어졌다며 수저를 놓기가 일쑤기 때문이다.

권정생 선생의 강아지 똥이 고운 민들레꽃을 피웠다면 우리 강아지의 똥은 호박꽃을 피워 호박을 맺게 한 셈인데 그건 농사에는 관심 없는 이들에게는 비밀이다.

볼일의 중요성을 아는지 시골에만 오면 하루에 두 번씩 볼일을 보겠다고 애쓰다가 기진맥진하는 강아지
넓은 호박잎과 무성한 풀에 가려 제때에 따지 못한 애호박은 어느덧 늙어간다.

빨간 고추, 파란 고추, 그리고 검은 고추

주말농사를 시작한 첫해였다. 어떤 모종을 사고 무슨 씨를 뿌릴지 고르고 골랐지만 쓰임새 많은 고추는 아무 망설임 없이 우리 뜰에 심을 작물 1호가 되었다. 오로지 얼마나 많이 심을 것인가만이 문제가 되었다. 오이, 가지, 호박, 방울토마토, 들깨, 상추 등을 조금씩 심고 남은 자리는 모두 고추를 빼곡히 심기로 하고는 욕심내어 모종을 많이 샀다. 하지만 농막을 짓느라 땅을 다진 탓인지 돌이 많은 산비탈인 탓인지 고추 모종 심을 구덩이 파기가 너무 힘들었다. 호미질을 두어 번만 하면 호미 날에 돌이 부딪히는 소리가 '깡깡' 하고 났다. 단호박보다 좀더 큰 돌이 땅 속에 꼭 박혀서 나올 생각을 하지 않았다. 끙끙대며 돌을 파내고 모종을 심고 다시 땅을 파려고 하면 다시 '깡깡' 소리가 났다. 모종을 사놓았으니 주말이 끝나기 전에 모두 심어야 하는데 작업은 더디고

5월 말의 봄볕은 따갑기만 했다.

　고추 심는 일이 생각보다 고되기는 했지만 고추가 주렁주렁 열리면서 뿌듯하기만 했다. 땡볕에 땀 흘리며 일을 한 후에는 아무리 배가 고파도 맨밥이 내키지 않는다. 그럴 때에는 물에 만 밥에 풋고추를 고추장에 찍어 먹으면 제 격일 거 같았다. 하지만 고추는 너무 매웠다. 분명 맵지 않은 걸로 달라고 했는데 종자가 그런 것인지 토질이 그렇게 만든 것인지 고추는 맵기만 했다. (이후로도 몇 년간 맵지 않은 고추 모종을 사다 심었지만 여전히 고추는 매운 것만 달린다.) 그냥 먹기는 맵지만 된장찌개와 부침개에 조금씩 썰어 넣으면 매콤한 향이 나면서 입맛을 돋운다.

　드디어 고추가 붉어질 무렵이었다. 고추 가운데 오목한 검은 점이 생기는 것이 있었다. 점은 점점 커지며 썩어들어 갔다. 아마도 말로만 들어왔던 탄저병인 듯했는데 다행히 피해는 크지 않았다. 그런데 탄저병에 걸린 것과는 달리 고추 전체가 검은색을 띠는 것들이 눈에 띄었다. 탄저병에 걸린 것처럼 썩어들어 가는 느낌은 없었지만 파랗지도 않고 붉지도 않은 검은 고추는 또 다른 병에 걸린 것이 틀림없어 보였다. 병을 퍼뜨리기 전에 고추를 따야 할 것 같아 몇 개를 뚝뚝 따서 버렸다. 그런데 그런 고추가 너무 많았다. 문득 빨간색과 파란색을 섞으면 검은색이 되는 물감 생각이 났다. 파란 고추가 붉어지는 과정에서 일시적으로 검어진 것은 아닐까 하는 생각이 들었다. 검은 고추를 다 따버리기 전에 그런 생각이 든 것이 천만다행이라면 다행이었다. 시장에서 파란 풋고추와 붉은 홍고추만 보았지 검은 고추는 생전 처음으로 구경을 한 탓이다.

쌀나무에서 쌀이 열린다고 하는 수준의 무지렁이 도시내기 주인과 탄저병을 이겨내고 검은 고추는 붉은빛 고운 고춧가루가 되어주었으니 그저 고마울 뿐이다.

풋고추와 홍고추 사이로 군데군데 검은 고추가 있다.

담장에는 조롱박과 수세미외를 심어요

어쭙잖은 농막 둘레에 담장을 쳐야 할 필요성이 생기면서 담장 공사
에 들어가게 되었다. 농막을 짓기 전에 그림 같은 전원주택에 대한 꿈
이 있었듯이 담장을 치기 전에도 꽃담에 대한 환상이 있었다. 우리 전
래의 야트막한 토담이나 돌담을 쌓고 싶었다. 하지만 급박하게 담장을
쳐야 하는 처지이다 보니 흙이나 돌도 구입해야 할 것이고 손이 많이
가는 일이니 인건비가 만만치 않을 것이었다. 그렇다면 빨간 벽돌 담
장에 빨간 덩굴장미가 있는 담도 좋을 것 같았다. 하지만 조립식으로
지은 창고 같은 농막에 어울리지도 않거니와 무엇보다도 그 비용이 집
짓는 것보다 훨씬 더 들었다. 할 수 없이 철망으로 담장을 해야 한다면
연녹색으로 깔끔하게 나온 것으로 하자 했는데 비용을 알아보니 그것
도 집짓는 것과 맞먹었다. 할 수 없이 가장 싼 철망으로 할 수밖에 없었

는데 그것도 인건비를 포함하니 선뜻 하기 힘들었다. 천만다행으로 남동생이 휴가를 내서 공사를 해주는 덕분에 자재비만 들이고 담장을 할 수 있었다. 하지만 역시 그 삭막한 모양은 두고두고 영 보기가 좋지 않았다.

그래서 철망을 가릴 겸해서 천 원에 3개 하는 조롱박 모종을 사서 심었다. 진 곳에 심긴 조롱박 두 개는 금세 주접이 들어버리고 말았지만 좋은 곳에 자리 잡은 조롱박 하나가 일당백을 하려는지 넝쿨을 무성히 뻗더니 밤마다 새하얀 박꽃을 피워 올렸다. 달밤에 담장을 따라 피는 박꽃은 부처님 오신 날 켜지는 등불처럼 신비스러워 보였다. 꽃이 지면 그 자리에 땅콩보다 작은 조롱박이 조롱조롱 맺히면서 커져갔다. 마치 제비가 물어온 박씨가 박으로 크는 걸 바라보는 흥부마냥 마음이 그렇게 흐뭇할 수가 없었다. 그러나 어느 순간부터 조롱박에 애벌레가 끼기 시작하더니 그 많던 조롱박이 다 시커멓게 썩고 말았다.

다음해에도 모종을 심었는데 조롱박이 익어갈 무렵 또 썩어들어 가기 시작했다. 아까운 마음에 성한 조롱박을 따서 반으로 갈라 솥에 삶았다. 하지만 영글지 못해 물렁물렁한 조롱박은 모두 찌그러져버리고 말았다.

연이어 실패를 했지만 그 모양이 좋아 3년째에도 모종을 심었는데 이번에도 역시 조롱박이 익어갈 무렵 또다시 썩어들어 가기 시작했다. 식초와 커피 탄 물을 뿌려주었는데 그게 조금은 효과가 있었는지 몇 개는 잘 영글었다. 하지만 벌레를 이겨낸 영광의 상처인지 얼룩덜룩한 상처가 조금씩은 있었다. 전 해에 조롱박을 반으로 가르고 삶았지만 그 수고가 물거품이 되었던 기억 때문에 이번에는 조롱박이 열린 것을 본 것으로만 만족하기로 했다. 누렇게 익은 조롱박은 잎이 모두 떨어지고도 줄기에 붙어 있으면서 그 나름대로 시골 정취를 느끼게 해주었다. 조롱 박은 봄이 될 무렵 바닥에 떨어져 이리저리 굴러다녔다.

4년째 봄에도 조롱박 모종을 사다 심었다.(나중에 박이 열리고 나서야 밝혀졌는데 우리는 그 동안 심어왔던, 가운데가 잘록한 호리병박이 아니라 긴호리병박 모종을 사왔다.) 그런데 지난 겨울 동안 뜰에 굴러 다니던 조롱박 가운데 하나가 깨졌고 그 안에 들어 있던 씨에서 싹이 나왔다. 그 싹들을 담 가 여기저기에 심었다. 조롱박들은 잘 열리고 잘 자랐지만 여전히 올해에도 썩어들어 갔다. 절반이 좀 못 되는 조롱박만 이 영글었다. 그나마 올해는 가물어서 벌레들이 덜 생겼기 때문인 것 같았다. 그런데 조롱박을 톱질해서 반으로 가르고 숟가락으로 겉을 긁

조롱박이 열려 보기 흉한 철망담을 가려준다.

어낸 후 속을 파내서 솥에 삶은 후 다시 한 번 속을 말끔히 파내고 그늘에 말리는 건 또 다른 노동이었다. 손에는 물집이 잡히고 허리가 아팠다. 조롱박은 반으로 갈라 표주박을 만들고 긴호리병박은 튀어나온 부분을 조금만 잘라내어 걸이화분을 만들었다. 아마 새집으로 써도 맞춤일 것 같았다. 흔하게 쓰는 플라스틱 바가지가 없다면 이 작업이 힘들어도 큰 보람이 있을 텐데 하는 아쉬움이 있었다. 그리고 박 속을 파내면서 수백 개의 씨를 얻었다. 이렇게 많은 씨로는 조롱박 터널이라도 만들 수 있을 텐데 다음해에 이 많은 씨앗들 가운데 몇 개만 심어야 하는 것이 못내 아쉬웠다.

수세미외 또한 담장 가에 심어두면 그 자라는 모양이 보기 좋은 식물이다. 3년째 되던 해부터 심었는데, 줄기차게 뻗는 넝쿨도 멋지고 노란

싱싱한 수세미외 잎은 담장을 뒤덮고 노란 꽃은 쉴 새 없이 피어난다.

껍질을 벗겨낸 수세미외. 적당한 크기로 잘라 수세미로 쓰면 된다.

꽃이 쉴 새 없이 계속 피어나는 모양도 좋다. 수세미외가 도깨비방망이처럼 점점 굵어져가는 모양을 보고 있노라면 마치 소원이 이루어진 듯한 뿌듯함이 느껴졌다. 수세미외 잎은 청개구리가 좋아하는 장소이기도 하다. 어느 때는 큰 잎 하나에 세 마리까지 달라붙어 있기도 한다. 마치 개구리가 열리는 나무 같기도 하다.

푸른 수세미외가 다 익어 영글면 누렇게 변하는데 바짝 마른 몸통을 이리저리 누르면 껍질이 벗겨지면서 아래쪽으로는 까만 씨들이 우수수 떨어지고 하얀 섬유질만 남은 수세미가 모양을 드러낸다. 뻣뻣하지만 물에 담그면 신기하게도 금방 부드러워져서 사 온 수세미 못지않게 설거지를 할 수 있다. 석유화학제품이 없던 과거에는 정말 요긴한 수세미가 되었을 것이다.

수세미외는 벌레가 끼지는 않지만 좀 뒤늦게 달린 것들은 아무리 크게 자라도 영글지 않는다. 첫해에는 수세미외가 다 영글기 전에 서리가 내리는 바람에 퍼런 수세미외를 따서 물에 담가 껍질과 과육을 떨어내느라 고생했었는데 그렇게 해도 다 영근 것이 아니면 제대로 된 수세미가 되지 않았다. 올해는 늦가을에도 따뜻한 날씨가 계속되어 수세미외가 잘 영글어 수세미를 여러 개 만들었고 씨앗도 수천 개 넘게 얻었다. 역시 수세미외 터널을 만들 만큼 충분한 양이다. 아깝다.

동네를 돌아다니며 빈 담장 아래에 씨앗을 살짝 묻어놓고 다닐까 궁리해보기도 한다. 온 동네 빈 담장에 수세미외와 조롱박이 주렁주렁 열려 있으면 마음이 한결 여유로운 동네가 될 듯하다.

겨울

뒷골목 산책

에리직톤의 후예들

언제나 제 이름값을 하는 꽃들

꿈꾸는 뜰

뒷골목 산책

외출할 일이 없는 날에는 하루에 한 번 동네 뒷골목으로 산책 삼아 나가곤 한다. 큰길가는 매연과 소음이 너무 심해 뒷골목으로 다니긴 하지만 뒷골목은 차도와 인도가 따로 구분되어 있지 않아 수시로 지나다니는 차들을 피해 다녀야 하는 것이 좀 귀찮다. 하지만 뒷골목에는 나름의 구경거리가 있어서 좋다.

봄에는 시멘트 담장 밑에서 싹트는 풀들이 대견스러워 그 앞에 잠시 쭈그리고 앉아 바라본다. 아직 응달진 골목길에는 꽃을 시샘하느라 늦게 온 눈이 녹지 않고 쌓여 있어서 이른 봄이라기에도 너무 이른 봄에 남향의 가게 앞 계단 밑에는 벌써 새싹이 돋아나고 꽃이 피기 시작한다. 시멘트 틈이기는 하지만 북쪽은 시멘트 계단이 삭풍을 막아주고 남쪽으로는 햇볕을 받아서 따뜻한 모양이다.

여름에는 보도블록 틈을 비집고 자라 꽃을 피우는 풀들이 많아진다. 개인주택이라 해도 마당에는 시멘트를 바른 곳이 대부분이어서 이제는 꽃밭 있는 집이 얼마 없다. 2층 베란다에 화분을 내놓고 꽃이나 방울토마토, 고추를 기르는 집들은 더러 있다. 유난히 꽃이 많은 집이 있는데 깃대가 꽂혀 있는 걸 보니 무당집이다. 동네에 무당집이 몇 군데 있는데 대개 다른 집보다 꽃이 많다. 무당들은 꽃을 좋아하나보다고 추측을 해본다. 단지가 작기는 해도 아파트 화단에는 철 따라 꽃들이 피어나도록 가꾸고 있다. 낡은 빌라 화단에는 꽃 대신 파나 고추, 들깨, 콩 따위의 채소를 재배하는 곳이 많은데 그걸 보는 재미도 있다. 한 빌라에서는 해마다 콩을 심어서 넝쿨을 옥상까지 올라가게 한다. 아마도 이렇게

낡은 빌라 화단에 심은 콩 넝쿨이 옥상까지 올라갔다.

울창하게 자라는 콩이 있어서 '잭과 콩나무' 같은 동화가 생겼는지도 모르겠다.

가을에는 조그만 봉투를 가지고 다니면서 길거리에 있는 꽃씨를 받는다. 여름에 꽃필 때부터 눈여겨보아 두었던 꽃에서 아주 조금씩 재빠르게 씨앗을 받는다. 사람들 눈치를 보느라 그렇기도 하지만 어차피 시골의 우리 뜰에는 꽃을 흐드러지게 많이 심을 만한 공간이 없기 때문이다. 공연히 씨앗 욕심을 내봐야 땅에 심지 못하고 묵히면 씨앗한테 미안하게 될 터이다.

가을에는 동네 뒷길에 새로운 광경이 펼쳐진다. 살피꽃밭조차 만들기 힘든 이곳에서는 담장을 따라 화분을 쭉 길게 늘어놓고는 배추나 파 따위를 길러 김장 준비를 하는 집들이 있다. 화분이 부족한 경우에는 못쓰는 스티로폼 박스를 화분삼아 김장에 쓸 채소를 재배한다. 어느덧 둥글둥글 포기가 커지며 익은 배추를 줄로 묶어놓기까지 했다. 그렇게 가꾼 배추와 채소들로 김장을 하면 참 뿌듯할 것 같다.

뒹구는 낙엽조차 사라져버린 겨울에는 뒷골목 풍경이 삭막하기만 하다. 옷가게에서 옷 구경이나 하고 가게마다 크리스마스트리 장식해놓은 것이라도 보며 세밑의 설레는 기분을 느끼기 위해 큰길가로 나가서 산책을 하고 싶어진다. 겨울에도 서유럽처럼 잔

길가 담장 아래 스티로폼 박스 안에는 배추가 자라고 있다.

디가 파랗게 살아 있고 일부 내한성 풀들이 자랄 수 있는 정도의 날씨였으면 좋겠다는 생각이 든다. 한겨울에도 가게 앞에 걸이화분(행잉바스켓)을 걸어놓은 카페의 풍경은 그 자체로 그림엽서가 된다. 하지만 어쩌겠는가. 우리 겨울은 너무나 추운 것을……. 아니, 어쩌면 그래서 봄에 돋는 새싹이 그렇게 반가운 것인지도 모르겠다. 혹한을 이겨내고 찬란하게 꽃이 피는 봄을 기다리며 황량한 겨울 길을 걷는다.

외국의 한 과일가게. 가게 옆에는 장미를 심어놓았고 앞에는 페튜니아가 피어 있는 걸이화분(행잉바스켓)을 매달아놓아 마치 꽃가게 같다.

에리직톤의 후예들

　우리 뜰 앞에는 은행나무가 한 그루 서 있다. 담장 바깥에 있긴 하지만 뜰 가까이에 있어서 은행잎이 노랗게 물들어갈 때 보기 좋고 새들이 많이 와 지저귀는 것이 듣기 좋다. 오후에 일하다 잠시 쉴 때는 그늘을 드리워준다. 그런데 이 은행나무가 시름시름하더니 해가 갈수록 새로 돋는 이파리가 작아지고 가을에는 이파리에 낙엽이 물드는지 누렇게 뜨는지 알 수 없을 정도로 너무 일찍부터 잎이 지곤 한다. 살펴보니 나무줄기에 빙 둘러 홈이 파여 있다. 나무를 죽이기 위해 누군가가 줄기에 홈을 파고 농약을 넣은 것이다. 우리가 농막을 짓기 전 이곳에 텃밭을 일구던 사람들이 한 일이다. 그래도 나무는 쓰러지지 않고 버티고 있다. 올봄에도 또 이파리를 낼지 모르겠다.

　은행나무만이 아니다. 우리 뜰 위에 있는 인삼밭 터에는 조그만 폐가가 하나 있다. 그 집 옆에는 아담한 대추나무가 하나 자라고 있었다. 늦봄에 와서 보면 반짝거리는 잎이 하도 고와서 을씨년스러운 폐가조차 정겹게 보이도록 만드는 것 같았다. 그러던 나무가 어느 날부턴가 생기를 잃은 채 죽어가고 있었다. 밭에 그늘을 드리운다고 해서 대추나무도 독살을 당한 것이다.

그런 나무들이 꽤 많다는 걸 시골에 와서야 알았다. 그렇게 독을 먹으며 서서히 죽어가는 나무들은 도끼날에 단번에 쓰러지는 나무보다 훨씬 더 끔찍해 보였다. 곳곳에서 나무들이 그렇게 죽어가고 있는 광경은 여신의 나무를 베어서 저주를 받은 에리직톤의 이야기를 떠올리게 한다.

그리스 신화에 나오는 에리직톤은 신을 공경하지 않는 사람이었다.

뜰 앞에 있는 은행나무. 겨우 목숨을 부지하고 있다.

사람들의 만류에도 불구하고 자신의 영지에 있는 커다란 나무를 베었다. 그 나무에는 곡물의 숙성을 관장하는 대지의 여신 데메테르를 섬기는 요정이 살고 있었다. 나무가 베어져 살 곳을 잃은 요정은 데메테르에게 찾아가 눈물로 호소했다. 분노한 데메테르는 에리직톤에게 아무리 먹어도 허기를 느끼게 하는 저주를 내렸다. 가산을 먹는 데에 다 탕진해도 배고픔이 가시지 않자 에리직톤은 자신의 수발을 들어주던 딸마저 팔아 배를 채운다. 팔려간 딸은 바다의 신 포세이돈의 도움으로 도망을 쳐 아버지에게 돌아오지만 아버지는 다시 딸을 팔아버린다. 딸이 신의 도움으로 돌아오면 다시 팔아치우기를 반복하던 어느 날 딸이 먹을 것을 구하러 간 사이 배고픔을 참을 수 없던 에리직톤은 자신의 팔, 다리를 먹다가 죽고 만다.

인간이 자신의 욕심을 채우기 위해 자연에 대해 저지르는 행동을 보면 에리직톤처럼 먹어도 먹어도 배가 고픈 저주를 받은 것이 아닌가 하는 생각이 든다.

사실 농작물을 잘 기르기 위해 논밭 주위에 그늘을 드리우는 나무 한 그루를 없애는 농부의 잘못은 그리 크지 않은지도 모르겠다. 우리 뜰만 해도 은행나무 그늘이 지는 자리에는 햇볕을 좋아하는 작물은 심지 못한다. 그 자리에 퍼져 있던 머위 말고는 그늘과 습기를 좋아하는 넓은 잎천남성이 절로 나 자랄 뿐이다. 만약 나무가 왕성하게 자라 가지와 잎이 우거졌다면 조그만 뜰의 절반이 나무 그늘에 가리는 상황이 되어 고민스러웠을 것이다. 아마 사람이라도 사서 가지치기를 해야 했을 것이다.

농부들이 나무를 도끼나 톱으로 베어내지 않고 껍질을 벗겨내고 농약을 부어 죽이는 것은 아무리 생각해도 끔찍한 일이기는 하지만 나무를 베어 쓰러뜨리는 것이 만만치 않은 작업인 데다 나무가 쓰러지면 가까이에 있는 집들의 담장이나 지붕을 건드릴 수도 있고 밭을 망칠 수도 있기 때문에 그리 하는 것 같았다.

논밭 주위에는 죽어가는 나무들이 한두 그루 서 있을 뿐이지만 오히려 다른 곳에서는 더 조직적이고 광범위하게 나무들이 죽어서 사라지고 있다. 나무들에 대한 대량학살이 벌어지고 있는 것이다.

요새는 시골에 오다보면 꽤 잘 지은 그림 같은 집들이 눈에 많이 띈다. 부러운 눈빛으로 바라보다가도 산을 깎아내고 지은 집들을 보면 눈살이 찌푸려진다. 수십, 수백 그루의 나무를 모두 베어버리고 언덕에 집을 짓는 곳도 있고 아예 산을 밀어낸 곳도 있다. 하긴 집만이 아니라 놀기 위한 골프장을 짓기 위해서도 그렇고 개발을 해서 잘살아보자고 나무를 베고 산을 무너뜨리고 있다.

그래서일까. 우리 역시 여신의 저주를 받고 있는 것 같다. 예전보다 물질적으로 풍요로워졌지만 우리는 여전히 더 가지려는 욕망에 허기가 져 있다. 아무래도 남들보다 못 가진 것 같아 불안하고 초조하기까지 하다. 에리직톤이 딸을 팔아먹듯이 더 가지려는 욕망을 채우기 위해 사람이 사람에게 할 수 없는 짓도 서슴지 않는다. 부모형제간이 무색해지는 경우도 다반사다. 마치 사람이 술을 먹고 술이 술을 먹고 술이 사람을 먹는다고 하는 말처럼 우리의 허기진 욕망은 이미 욕망 자체로 우리에게서 떨어져나가 우리 자신을 먹어치우고 있는 괴물이 된 것 같다. 하지만 우리의 허기진 욕망은 그렇게 더 가지는 것으로 채울 수 있는 것이 아닐 것이다. 우리가 욕망에 눈이 어두워 앞뒤 가리지 않고 무자

비하게 도륙했던 자연을 자연 그대로 돌려놓는 것이 여신의 분노를 누
그러뜨려 저주를 풀 수 있는 길이 아닐지…….

언제나 제 이름값을 하는 꽃들

꽃이나 잎의 생김새와 이름을 견주어보면 왜 그런 이름이 붙었는지 금방 이해가 되는 풀들이 많다. 이름은 주로 생김새를 보고 많이 짓기 때문인 것 같다.

은방울꽃은 은방울처럼 생긴 하얀 종 모양의 꽃이 조롱조롱 매달린 것이 예쁜 꽃이다. 종소리는 나지 않지만 대신 좋은 향기가 사방에 퍼진다. 수염며느리밥풀도 입술 모양의 꽃 가운데 흰 무늬 두 개가 있는 것이 마치 밥을 몰래 먹다가 미처 입가의 밥풀을 닦지 못한 전설 속의 며느리의 입처럼 보인다. 금낭화(며느리주머니)는 여인들이 옷에 매다는 비단 주머니를 닮은 고운 꽃이 조르르 매달려 핀다. 그 밖에도 잎에 얼룩무늬가 있는 얼레지, 꽃봉오리가 붓과 닮은 붓꽃, 솜털로 덮인 솜다리, 꽃이 패랭이처럼 생긴 패랭이꽃, 꽃이 닭의 벗을 닮은 달개비, 줄기가 장구채와 닮은 장구채, 새순이 우산처럼 생긴 우산나물, 꽃이 불 밝히는 초롱과 닮은 초롱꽃, 줄기 마디가 소 무릎처럼 튀어나온 쇠무릎, 꽃이삭이 강아지 꼬리를 닮은 강아지풀 등등 생김새를 보고 지은 꽃 이름은 끝이 없을 것 같다.

생김새 말고는 맛이나 향 혹은 색, 꽃이 피는 시기와 장소, 쓰임새 등이 이름을 짓는 데에 중요한 요인이 될 것이다.

맛을 본 후 이름을 지은 경우도 많다. 씀바귀는 쓴 맛, 수영은 신맛이 나고, 꿀풀은 꽃을 뽑아서 밑부분을 빨면 꿀물이 나온다.

색으로는 보자면, 노랑꽃창포, 붉은토끼풀, 흰민들레처럼 색깔을 이름 앞에 붙였다. 겉이 아니라 속 색깔로도 이름을 지은 것이 있다. 애기똥풀은 대를 자르면 아기의 변처럼 주황색 즙액이 나오고, 피나물은 대

조롱조롱 꽃이 달려 있는 은방울꽃

줄기를 자르면 주황색 즙액이 나오는 애기똥풀

를 자르면 피처럼 붉은 즙액이 나온다.

　냄새로 맡아보자면 오이풀이 있다. 잎을 자르면 오이 냄새가 난다. 누린내풀에서는 누린내가 난다. 쥐오줌풀과 마타리(패장)는 뿌리에서 역한 냄새가 난다.

　예전에 몸이 좋지 않아서 한약을 해 먹은 적이 있는데, 아주 고약한 냄새가 났다. 먹기가 역하기도 했지만 분명 한의원에서 상한 약재를 쓰거나 약을 달이는 과정에서 부주의해서 무언가 잘못된 것 같아 그대로 먹으면 안 될 것 같았다. 약을 가지고 가니, 한의사는 약재에 들어갔다는 패장근이라며 냄새를 맡게 해주었다. 약 냄새와 똑같이 역한 냄새가 났다. 마타리는 뿌리에서 장 썩은 냄새가 난다 하여 패장이라는 속명이 붙었으니, 패장근은 바로 마타리의 뿌리다. 장은 우리 밥상에서 빠져서

개구리가 사는 습지에서 나는 개구리자리

는 안 될 음식이지만 밥상에서 말고는 결코 좋은 냄새랄 수가 없다. 그런데 그것도 썩은 장 냄새라니 얼마나 고약한가.

풀이 자라는 장소에 따라 이름이 붙기도 한다. 갯메꽃은 갯가에서, 벌개미취는 들판에서, 산부추는 산에서, 개구리자리와 개구리밥은 개구리가 물가에서 살듯이 습지에서 난다.

쓰임새에 따라 이름이 붙기도 한다. 이질풀은 이질에 약으로 쓰고 익모초는 어미를 이롭게 하는 풀이라는 이름처럼 산모에게 좋은 약이 된다. 선피막이는 민간에서 잎을 지혈제로 사용해왔다. 파리풀은 뿌리를 찧어 만든 액으로 파리를 잡는 데 써왔다. 차풀은 잎과 줄기를 말려 차처럼 끓여 마실 수 있다.

그 성질에 따라 이름이 붙기도 한다. 끈끈이대나물은 마디 밑에서 끈

해질 무렵에 피는 달맞이꽃

끈한 진이 나오고, 끈끈이주걱 역시 끈끈한 액이 묻어 있는 털이 주걱 모양의 잎에 나 있어 그곳에 벌레가 앉으면 잎을 오므려 벌레를 잡는다. 사람이나 차가 밟고 지나다녀도 잘 견딜 만큼 질긴 질경이는 차전초(車前草)라고도 불린다.

자라는 시기나 꽃이 피는 때에 따라 이름이 붙기도 한다. 봄맞이, 제비꽃, 달맞이꽃 등이 이에 해당한다. 꽃이 피는 시기에 따라 이름이 붙은 꽃들은 그 이름이 생김새와 동떨어진 느낌을 주기도 한다.

봄맞이는 이른 봄 다른 꽃보다 먼저 꽃이 피어나 봄을 맞이하는 줄 알았는데 4,5월쯤 봄기운이 완연해진 이후 꽃이 피어나 한창 무르익은 봄을 마중하는 꽃이다.

예전에 달맞이꽃이 어떻게 생겼는지 몰랐을 때 달이 떠오를 때 피는

남산제비꽃의 뒷모양, 변발한 청나라 사람의 머리와 비슷해 보이기도 한다.

꽃이라 하여 달맞이꽃이라 부른다는 얘기를 듣고 참 신비스럽다는 느낌이 들었다. 리놀레산이 풍부한 달맞이꽃 종자유가 가지는 놀라운 효능 또한 달의 정기를 받아 생긴 것이 아닌가 하는 생각이 들었을 정도다. 하지만 막상 그 꽃을 보니 좀 실망스러웠다. 약간 굵은 듯한 줄기에 별 특징 없는 노란 꽃이 피는 것이 수수한 촌색시 같은 느낌이었다. 더구나 '달맞이'라는 정겨운 이름에도 불구하고 외래종이라는 것은 좀 의외였다.

반대로 자그맣고 앙증맞은 제비꽃은 그 모양새와는 달리 험한 별칭이 붙은 꽃이다. "오랑캐의 피 한 방울 받지 않았건만"(이용악 〈오랑캐꽃〉) 제비꽃은 오랑캐꽃이라고도 불린다. 제비가 돌아올 즈음에 꽃이 피어 제비꽃이라고 불렸는데 한편으로는 그 무렵 식량이 떨어진 오랑캐가 쳐들어오곤 해서 오랑캐꽃이라고도 불렸다고 한다. 그런데 이용악은 그의 시 〈오랑캐꽃〉에서 "너의 뒷모양이 머리 테를 드리운 오랑캐의 뒷머리와도 같은 까닭"이라고 생김새와 관련하여 그 이름의 유래를 달리 말하고 있기도 하다.

꽃이 피는 시기와 관련지어 이름이 지어진 것들은 생김새와는 아주 달라서 처음에는 고개를 갸웃하게 되지만 나중에 그 이유를 알게 되면 고개가 끄덕거려진다.

이렇듯 풀들은 그 이름에 어긋나지 않는 생김새나 색, 맛, 향, 성질, 쓰임새를 가지고 있다. 다만 조심해야 한다면 나물이란 이름을 달고 있으면서도 독이 있어서 주의해야 하는 동의나물, 삿갓나물, 피나물 정도가 아닐까. 꽃 이름을 되새기다보면 우리 인간들은 얼마나 인간됨에 맞게 잘 살고 있나 생각하게 된다.

꿈꾸는 뜰

올 겨울은 유난히 추웠다. 겨울이 되기가 무섭게 추워졌고 오랫동안 추웠다. 삼한사온(三寒四溫)은 다른 나라의 이야기인 듯 삼한사한(三寒四寒)만을 반복했다. 이렇게 한파가 계속되면 시골 농막에 별 문제가 없는지 은근히 걱정이 된다. 가을걷이가 끝난 후 가보지 않았으니 수도나 보일러가 얼지 않았는지 들러봐야 할 것 같았다.

가는 길은 다른 계절에 비해 재미가 덜하다. 풀은 누렇게 떠서 사그라지고 꽃도 진 지 오래다. 잎을 떨군 나목을 바라보자니 추위가 더 심하게 느껴진다. 상록수의 푸른빛도 여름 같은 생기는 없다.

그런데 그 동안 풀, 꽃, 나무만 바라보던 내게 이들이 볼품없어진 후로 눈에 띄는 것이 있었으니 바로 철새들이다. 강이나 개울에서 보이는 빛 고운 새들은 청둥오리나 원앙인 듯하고, 빈 논에 수백 마리씩 떼 지어 앉아 있는 새들은 신기하기만 했지만 달리는 차 안에서는 자세히 볼 수 없어 안타까웠다.

무엇보다 큰 볼거리는 독수리들이다. 문산 부근에 가면 독수리들이 수십 마리씩 하늘에 높이 떠 선회하고 있는 것을 볼 수 있다. 작은 새들이 날개를 팔랑거리며 나는 데 비해 독수리들은 날갯짓을 하지 않은 채 공중에 떠 있는 것이 하늘의 제왕인 듯 위엄이 느껴진다.

겨울 철새 구경에 지루한 줄 모르고 농막에 도착했지만 뜰 앞에 서면 걱정이 커진다. 봄, 여름, 가을에는 작물의 씨가 싹텄는지, 모종이 잘 자랐는지, 꽃이 피었는지, 열매가 얼마나 자라 언제 거두게 될지 궁금해 하며 문을 열었다. 그러나 겨울에는 무슨 문제가 생기지 않았는지 조바심을 내며 뜰 앞에 서게 된다.

철망으로 만든 출입문은 추위에 수축이 되었는지 꼭 맞던 두 짝이 사이가 많이 벌어져 있고, 그 아래쪽 땅이 얼어붙어 많이 올라와 있지만 문은 그런 대로 잘 열린다. 첫해에 땅이 많이 얼어붙어 올라와서 문이 열리지 않는 바람에 언 땅을 파느라 애를 먹은 이후로는 땅을 미리 충분히 파놓는다. 뜰에도 별 일이 없었지만 여름에 칠하느라 애먹은 야외 탁자의 페인트칠이 벌써 벗겨지고 있었다. 내년 봄에 또 칠을 해야겠지만 이것도 사실 별 문제는 아니었다.

제발 수돗물은 얼지 않았기를 바라며 농막으로 들어가 수돗물을 틀었더니 아뿔싸, 나오질 않는다. 스티로폼 박스 안에 이불까지 넣어 보온을 해둔 보람도 없이 계량기는 동파되었다. 상수도국에 연락해 계량기를 교체하고 녹이는 작업을 계속했지만 수돗물은 쉽게 나오질 않았다. 샘에서 물을 길어다 끓여 수도관이 지나가는 이곳저곳에 부었다.

대공사를 벌여야 하는 게 아닐까 하는 걱정이 눈덩이처럼 커질 무렵 천만다행으로 수돗물이 나오기 시작했다. 계량기에 보온을 좀더 하고 수돗물은 졸졸 흐를 만큼 조금씩 틀어두기로 했다. 물도 아깝고 물값도 아깝지만 어쩔 수 없는 노릇이다.

수도에 대한 재정비가 끝나고 나서야 텅 빈 겨울의 뜰로 눈길이 갔다. 누렇게 변한 채 말라버린 풀들, 뽑아놓은 고춧대, 말라붙은 토마토, 가지, 오이의 줄기들, 잎이 없는 단풍나무…… 황량한 겨울 풍경이었다. 뒤뜰은 농막의 그림자에 대부분 가려져 있어 더 추웠다. 눈이 온 지 한참 되어 다른 곳에서는 모두 녹아버린 눈이 이곳에는 아직도 그대로 있었다. 어디선가 도둑고양이가 나타나 깜짝 놀랐으나 이 녀석도 놀랐는지 재빨리 도망가고 나자 다시 적막한 기운이 감돌았다. 아랫녘에서는 겨울에도 맨땅에다 시금치나 냉이를 길러 출하하지만 이곳에서는 어림도 없는 일이다. 그 징글맞던 여름의 풀들이 다시 보고 싶을 만큼 푸른빛이 그리워졌다.

그렇게 생명이라고는 그 기미조차 전혀 느껴지지 않는 싸늘한 뜰에서 서성이고 있을 때 희미한 푸른빛이 눈에 들어왔다. 땅에 납작 엎드려 있어 눈에 잘 띄지 않는 뱀딸기는 아직 푸른빛이 좀 남아 있었다. 그리고 솜털이 가득 박힌 점나도나물과 개망초 잎이 약한 푸른빛을 띠고 있었다. 그리고 누렇게 뜬 풀들 사이에서 추위에 상기된 뺨처럼 붉은 구릿빛을 띤 풀도 보였다. 사실 이 풀을 이른 봄부터 보아오지 않았다면 지금의 모양을 보고는 살아 있는 것이라 확신할 수 없었을 것이다. 봄이 되어 냉이와 꽃다지가 먼저 꽃을 피운 후 그 빨간 이파리가 파래지면서 앙증맞은 꽃을 수없이 피워 올리면서 완연해진 봄을 맞이하는

겨우내 붉던 이파리들이 새파래지면서 앙증맞은 흰 꽃을 피워 올리는 봄맞이

이 풀의 이름은 봄맞이다. 가장 먼저 꽃을 피우는 풀은 아니지만 자기 이름에 걸맞게 봄을 맞이하기 위해 이 동토에서 봄을 기다리고 있는 모양이다.

기온이 영하 10도보다 더 낮게 내려가 땅마저 꽝꽝 얼어 올라오는 이곳에서 칼바람에 난도질을 당하면서도 풀들은 아주 죽어버린 것은 아니었다. 이 두해살이나 여러해살이 풀들은 생명의 박동을 아주 느리고 약하게 하고 겨울을 나고 있는 것이다. 그리고 땅속에서는 눈에 띄지 않을 만큼 작은 풀씨들이 봄이 오는 꿈을 꾸고 있을 것이다.

나도 다가올 봄에 대한 꿈을 꾼다. 올해 많이 거둔 수세미를 이웃 아주머니들에게 드리고 대신 재래 백합 알뿌리와 플록스, 끈끈이대나물, 풍접초, 도라지 씨를 얻어 꽃들을 조금 더 늘렸으면 좋겠다. 작약을 잘 돌보아서 함박꽃이라는 별명에 걸맞은 꽃이 피는 걸 보고 싶다. 돌나물로 물김치를 만드는 법을 어머니로부터 전수받아야겠다. 아직 맛보지 못한 꽃다지, 꽃마리, 벼룩나물, 삼잎국화로 나물을 무쳐봐야겠다. 사과나무를 한 그루 심어 봄에는 꽃이 피고 가을에는 사과가 익어가는 풍

196

경을 즐기면 좋겠다. 사과나무가
벌레와 겨울을 이기도록 도와주는
비법을 알아봐야겠다. 올해에는
고추에 병이 들어 수확이 형편없
었으니 고추를 튼튼하게 기르는
비법 또한 필요하다. 콩이 어느 정
도 자랐을 때 윗부분을 베어주면
콩이 더 많이 열린다는 정보를 주
신 이웃 아저씨가 그 비법도 아실

한 그루 심고 싶은 사과나무
ⓒ 임창선(http://blog.naver.com/97badazzz)

까 모르겠다. 모양새는 좀 떨어져도 맛에서만큼은 뒤지지 않는 고구마
와 서리태는 심는 면적을 늘려야겠다. 오이, 가지, 호박, 상추, 방울토
마토 외에 완두콩과 땅콩을 새롭게 한번 길러볼거나…….

희망사항은 끝이 없다. 밭과 뜰 백여 평이 아니라 그 열 배가 넘어도
다 가꾸지 못할 지경이니 당연히 이 중에는 이루지 못하고 주접이 들어
버리는 꿈도 있을 것이다. 하지만 포기하지 않고 꿈을 간직하는 지혜를
풀씨에게서 배울 것이다.

비록 모래알보다 작기는 해도 풀씨들은 틈이 없는 견고한 외피를 쓰
고 땅 속에서 몇 년이나 기다린다고 한다. 봄이 왔다고 해서 모두 한꺼
번에 싹을 내지도 않는다. 기상이변이나 사고가 생겨도 그 다음해에 대
가 끊기지 않게 하기 위해서란다.

뜰에 대한 내 꿈들도 땅 속에 묻힌 풀씨처럼 조금씩 싹을 틔워서 자
연의 신비와 노동의 보람을 느끼게 해주는 아름답고 풍요로운 뜰을 완
성해가고 싶다.

초록에 물들다

ⓒ 2007 이수경

초판인쇄   2007년 7월 24일
초판발행   2007년 7월 30일

지은이   이수경
펴낸이   김정순
펴낸곳   (주)북하우스
출판등록   1997년 9월 23일 제406-2003-055호

주소   413-756 경기도 파주시 교하읍 문발리 파주출판도시 513-8
전자메일   editor@bookhouse.co.kr
홈페이지   www.bookhouse.co.kr
블로그   blog.naver.com/bookhouse1
전화번호   031-955-2555
팩스   031-955-3555

ISBN   978-89-5605-201-4 03810

이 도서의 국립중앙도서관 출판도서목록(CIP)은 e-CIP 홈페이지(http://www.nl.go.kr/cip.php)에서
이용하실 수 있습니다. (CIP제어번호 : CIP2007002162)